少年读经典诗文

U0459392

少年读诗经

宋立涛　主编

民主与建设出版社
·北京·

© 民主与建设出版社，2020

图书在版编目（CIP）数据

少年读诗经 / 宋立涛主编 . -- 北京：民主与建设
出版社，2020.7
（少年读经典诗文；1）
ISBN 978-7-5139-3077-2

Ⅰ . ①少… Ⅱ . ①宋… Ⅲ . ①古体诗－诗集－中国－
春秋时代②《诗经》－少年读物 Ⅳ . ① I222.2

中国版本图书馆 CIP 数据核字（2020）第 102999 号

少年读诗经
SHAONIAN DU SHIJING

主　　编	宋立涛	
责任编辑	刘树民	
总 策 划	李建华	
封面设计	黄　辉	
出版发行	民主与建设出版社有限责任公司	
电　　话	（010）59417747　59419778	
社　　址	北京市海淀区西三环中路 10 号望海楼 E 座 7 层	
邮　　编	100142	
印　　刷	三河市燕春印务有限公司	
版　　次	2020 年 8 月第 1 版	
印　　次	2020 年 8 月第 1 次印刷	
开　　本	850mm×1168mm　1/32	
印　　张	5 印张	
字　　数	91 千字	
书　　号	978-7-5139-3077-2	
定　　价	198.00 元（全六册）	

注：如有印、装质量问题，请与出版社联系。

《诗经》是我国最早的一部诗歌总集，它收集和保存了古代诗歌305首（另有6篇只存篇名而无诗文的"笙诗"不包括在内）。《诗经》最初只称为《诗》或"诗三百"，到西汉时，被尊为儒家经典，才称为《诗经》。这些诗当初都是配乐而歌的歌词，保留着古代诗歌、音乐、舞蹈相结合的形式，但在长期流传中，乐谱和舞蹈失传，就只剩下了诗歌。

关于《诗经》中诗的分类，有"四始六义"之说。"四始"指《风》、《大雅》、《小雅》、《颂》的四篇列首位的诗。"六义"则指"风、雅、颂、赋、比、兴"。"风、雅、颂"是按音乐的不同对《诗经》的分类，"风"又叫"国风"，是各地的歌谣。"赋、比、兴"是《诗经》的表现手法。《诗经》多以四言为主，兼有杂言。"风"包括周南、召南、邶、鄘、卫、王、郑、齐、魏、唐、秦、陈、桧、曹、豳等15国风，大部分是黄河流域的民歌，小部分是贵族加工的作品，共160篇。"雅"包括小雅和大雅，共105篇。"雅"基本上是贵族的作品，只有小雅的一部分来自民间。"颂"包括周颂、鲁颂和商颂，共40篇。颂是宫廷用于祭祀的歌词。

孔子曾言"诗三百，一言以蔽之，思无邪"。对于它的特点，则"温柔敦厚，诗教也"（即以为诗经使人读后有澄清心灵的功效，作为教化的工具实为最佳良策）。孔子甚至说"不学诗，无以言"，并常用《诗》来教育自己的弟子。显示出《诗经》对中国古代文学的深刻影响。诗的作用："小子何莫学夫诗？诗可以兴，可以观，可以群，可以怨，迩之事父，远之事君，多识鸟兽草木之名。"

《诗经》不仅是最早的诗歌总集，也是一部反映当时社会的百科全书，是我国现实主义诗歌传统的源头及代表作，可以说开创了我国古代诗歌创作现实主义的优秀传统。

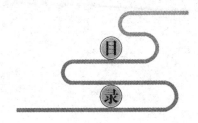

周　南

关　雎

原　文

关关雎鸠①，在河之洲②。窈窕淑女③，君子好逑④。

注　释

①关关：鸟的和鸣声。雎鸠：一种水鸟，相传此鸟雌雄情意专一。

②洲：水中陆地。

③窈窕：美好的样子。

④好逑：好的配偶。

译　文

关关对鸣的雎鸠，栖歇在河中沙洲。美丽贤淑的姑娘，真是君子的好配偶。

原　文

参差荇菜①，左右流之②。窈窕淑女，寤寐求之③。

①参差：长短不齐。荇菜：一种水生植物，叶子浮在水面，可食。

②流：顺着水流采摘。

③寤寐：醒着为寤，睡着为寐。

译 文

长长短短的荇菜，左边右边不停采。美丽贤淑的姑娘，梦中醒来难忘怀。

原 文

求之不得，寤寐思服①。悠哉悠哉②，辗转反侧③。

注 释

①思服：思念。

②悠哉：忧思不绝。

③辗转反侧：翻来覆去，无法入眠。

译 文

美好愿望难实现，醒来梦中都想念。想来想去思不断，翻来覆去难入眠。

原 文

参差荇菜，左右采之。窈窕淑女，琴瑟友之①。

①友：亲爱，友好。

长长短短的荇菜，左边右边不停摘。美丽贤淑的姑娘，弹奏琴瑟表亲爱。

参差荇菜，左右芼之①。窈窕淑女，钟鼓乐之②。

①芼：采摘。

②乐之：使她快乐。

长长短短的荇菜，左边右边不停地采摘。美丽贤淑的姑娘，鸣钟击鼓让她乐起来。

葛 覃

葛之覃兮①，施于中谷②，维叶萋萋③。黄鸟于飞④，集于灌木⑤，其鸣喈喈⑥。

①葛：藤本植物，茎的纤维可织成葛布。覃：延长。

②施：延及。中谷：即谷中。

③维：发语词。萋萋：茂盛的样子。

④黄鸟：黄鹂。于：语助词。

⑤集：聚集。

⑥喈喈：鸟相和的声音。

译　文

葛草长长壮蔓藤，一直蔓延山谷中，叶子碧绿又茂盛。黄鸟翩翩在飞翔，落在灌木树丛上，鸣叫声声像歌唱。

原　文

葛之覃兮，施于中谷，维叶莫莫①。是刈是濩②，为絺为绤③，服之无斁④。

注　释

①莫莫：茂密的样子。

②是：乃。刈：割。濩：煮。

③絺：细葛布。绤：粗葛布。

④服：穿。斁：厌倦。

译　文

葛草长长壮蔓藤，一直蔓延山谷中，叶子浓密又茂盛。收割回来煮一煮，剥成细线织葛布，穿上葛衣真舒服。

原文

言告师氏①，言告言归②。薄污我私③，薄浣我衣④。害浣害否⑤，归宁父母⑥。

注释

①言：连词，于是。一说发语词。师氏：保姆。一说女师。

②告：告假。归：回家。

③薄：句首助词。污：洗去污垢。私：内衣。

④浣：洗。衣：指外衣。

⑤害：何，哪些。

⑥归宁：出嫁女子平安回娘家探视父母。

译文

回去告诉我师姆，我要告假看父母。先洗我的贴身衣，再把我的外衣洗净。洗洗我的礼装，回家问候我父母。

卷 耳

原文

采采卷耳①，不盈顷筐②。嗟我怀人③，寘彼周行④。

注释

①卷耳：一种植物，又名苍耳，可食用，也可药用。

②顷筐：形如簸箕的浅筐。

③嗟：语助词。怀人：想念的人。

④寘：放置。彼：指顷筐。周行：大路。

译文

采了又采卷耳，总是不满一浅筐。只因想念远行人，筐儿丢在大路旁。

原文

陟彼崔嵬①，我马虺隤②。我姑酌彼金罍③，维以不永怀④。

注释

①陟：登上。崔嵬：高而不平的土石山。

②虺隤：因疲劳而病。

③姑：姑且。金罍：青铜铸的酒器。

④维：语助词。永怀：长久地思念。

译文

当我登上高高山巅，骑的马儿困倦。且把酒杯来斟满，喝个一醉免怀念。

原文

陟彼高冈，我马玄黄①。我姑酌彼兕觥②，维以不永伤。

注释

①玄黄：马因病毛色焦枯。

②兕觥：牛角制的酒杯。

译 文

我又登上高山冈，马儿累得毛玄黄。且把酒杯来斟满，只为喝醉忘忧伤。

原 文

陟彼砠矣①，我马瘏矣②，我仆痡矣③，云何吁矣④。

注 释

①砠：戴土的石山。

②瘏：病。

③痡：过度疲劳不能行之病。

④云：语助词。何：何时。吁：忧愁。

译 文

我又登上土石山，我的马儿已累瘫。仆人疲惫行走难，我的忧愁何时完。

桃 夭

原 文

桃之夭夭①，灼灼其华②。之子于归③，宜其室家④。

注 释

①夭夭：茂盛，生机勃勃的样子。

7

②灼灼：鲜艳的样子。

③之：这。子：指女子，古代女子也称"子"。于：往。归：出嫁。后来称女子出嫁为于归。

④宜：和顺。室家：夫妇。此指夫家，下面的"家室"、"家人"均指夫家。

译文

桃树叶茂枝繁，花朵粉红灿烂。姑娘就要出嫁，夫妇和顺平安。

原文

桃之夭夭，有蕡其实①。之子于归，宜其家室。

注释

①蕡：果实硕大的样子。

译文

桃树叶茂枝繁，桃子肥大甘甜。姑娘就要出嫁，夫妇和乐平安。

原文

桃之夭夭，其叶蓁蓁①。之子于归，宜其家人。

注释

①蓁蓁：树叶繁盛的样子。

译文

桃树叶茂枝繁，叶儿随风招展。姑娘就要出嫁，夫妇康乐平安。

召 南

摽有梅

原 文

摽有梅①，其实七兮②。求我庶士③，迨其吉兮④。

注 释

①摽：落下。

②七：七成。此指树上的梅子还有十分之七。

③庶士：未婚男子。

④迨：及，趁着。吉：好时光。

译 文

梅子熟了落纷纷，树上还有六七成。追求我的小伙子，且莫错过这日子。

原 文

摽有梅，其实三兮。求我庶士，迨其今兮。

译 文

梅子熟了落纷纷，树上还有二三成。追求我的小伙子，今天好时辰莫在等。

原　文

摽有梅，顷筐塈之①。求我庶士，迨其谓之②。

注　释

①塈：收取。

②谓：告诉，约定。

译　文

梅子熟了落纷纷，拿着筐儿来拾取。追求我的小伙子，快开口就订婚。

小　星

原　文

嘒彼小星①，三五在东②。肃肃宵征③，夙夜在公④。寔命不同⑤！

注　释

①嘒：星光微小而明亮。

②三五：形容星星稀少。

③肃肃：急忙赶路的样子。宵征：夜间走路。

④夙夜：早晚。公：公事。

⑤寔：是，此。命：命运。

译文

小小星儿闪微光，三三五五在东方。急急忙忙赶夜路，早晚都为公事忙。这是命运不一样。

原文

嘒彼小星，维参与昴①。肃肃宵征，抱衾与裯②。寔命不犹③！

注释

①参、昴：二星宿名。

②衾：被子。裯：床帐。

③不犹：不如。

译文

小小星儿闪微光，参星昴星挂天上。急急忙忙赶夜路，抱着被子和床帐。别人命运比我强。

野有死麕

原文

野有死麕①，白茅包之。有女怀春，吉士诱之②。

注释

①麕：小獐子，鹿的一种。

②吉士：好青年，指打猎的男子。

译 文

打死小鹿在荒郊，我用白茅把它包。遇到少女春心动，走上前来把话挑。

原 文

林有朴樕①，野有死鹿。白茅纯束②，有女如玉。

注 释

①朴樕：小树。可作柴烧。

②纯束：捆绑。

译 文

砍下小树当柴烧，打死小鹿在荒郊。白茅包好当礼物，如玉姑娘请收好。

原 文

"舒而脱脱兮①！无感我帨兮②！无使尨也吠③！"

注 释

①舒而：慢慢地。脱脱：舒缓的样子。

②感：通"撼"，动。帨：女子系在腹前的围裙。

③尨：多毛而凶猛的狗。

译 文

"请你慢慢别着急，别碰围裙莫慌张，别引狗儿叫汪汪。"

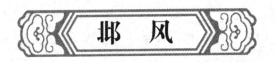

邶 风

柏 舟

汎彼柏舟①，亦汎其流。耿耿不寐②，如有隐忧③。微我无酒④，以敖以游⑤。

①汎：随水浮动。

②耿耿：不安的样子。

③隐忧：藏在内心的忧痛。

④微：非。

⑤敖：游的意思。

河中荡漾柏木舟，随着波儿任漂流。心中焦虑不成眠，因有隐忧在心头。不是家里没有酒，不是无处可遨游。

我心匪鉴①，不可以茹②。亦有兄弟，不可以据③。薄言往愬④，逢彼之怒。

注 释

①匪：同"非"。鉴：镜子。

②茹：容纳。

③据：依靠。

④愬：同"诉"，诉说，告诉。

译 文

我的心儿不是镜，岂能美丑都能容。我家也有亲兄弟，可叹兄弟难依靠。我曾向他诉苦衷，正逢他们怒难平。

原 文

我心匪石，不可转也。我心匪席，不可卷也。威仪棣棣①，不可选也②。

注 释

①棣棣：安和的样子。

②选：同"算"，计算。

译 文

我的心儿不是石，不可随意来转移。我的心儿非草席，不可随意来卷起。仪容举止有尊严，不可退让被人欺。

原 文

忧心悄悄①，愠于群小②。觏闵既多③，受侮不少。静言思之④，寤辟有摽⑤。

邶

风

①悄悄：忧愁的样子。

②愠：怨恨。

③觏：遇到。闵：忧愁，祸患。

④静：仔细审慎。

⑤辟：有的作"擗"，捶胸。有摽：即摽摽，捶打的样子。

忧愁缠绕心烦闷，群小视我如仇人。中伤陷害既已多，受到侮辱更不少。仔细考虑反复想，醒来捶胸忧难消。

日居月诸①，胡迭而微②？心之忧矣，如匪浣衣。静言思之，不能奋飞。

①居、诸：均为语助词，有感叹意。

②胡：何。迭：更迭，轮番。微：亏缺，指日蚀、月蚀。

问问太阳和月亮，为啥轮番暗无光？心头烦忧去不掉，就像穿着脏衣裳。仔细考虑反复想，无法展翅高飞翔。

绿 衣

绿兮衣兮，绿衣黄里①。心之忧矣，曷维其已②！

注 释

①里：衣服的衬里。

②曷：何。维：语助词。已：停，止。

译 文

那绿色的衣服啊，外面绿色黄色里。看到此衣心忧伤，悲痛之情何时已！

原 文

绿兮衣兮，绿衣黄裳①。心之忧矣，曷维其亡②！

注 释

①裳：下衣，形如现在的裙子。

②亡：通"忘"，忘记。

译 文

那绿色的衣服啊，上穿绿衣下黄裳。看到此衣心忧伤，何时能将此情忘！

原 文

绿兮丝兮，女所治兮。我思古人①，俾无訧兮②！

注 释

①古人：故人，指作者的妻子。

②俾：使。訧：过错。

译 文

那绿色的丝缕啊，是你亲手把它整理。思念我的亡妻啊，总是劝我莫越礼。

原 文

絺兮绤兮①，凄其以风②。我思古人，实获我心！

注 释

①絺：细葛布。绤：粗葛布。

②凄其：同"凄凄"，凉爽。

译 文

葛布有粗又有细，穿上凉爽又透气。思念我的亡妻啊，事事都合我心意。

燕 燕

原 文

燕燕于飞①，差池其羽②。之子于归，远送于野。瞻望弗及，泣涕如雨。

注 释

①燕燕：鸟名，即燕子。于：语助词。

②差池：参差不齐的样子。

译 文

燕子双双天上翔，参差不齐展翅膀。她回娘家永不返，远送她到旷野上。渐渐远去望不见，涕泣如雨泪沾裳。

原 文

燕燕于飞，颉之颃之①。之子于归，远于将之②。瞻望弗及，伫立以泣③。

注 释

①颉：向上飞为颉。颃：向下飞为颃。

②将：送。

③伫立：久立。

译 文

燕子双双天上翔，忽上忽下盘旋忙。她回娘家永不返，远送不怕路途长。渐渐远去望不见，注目久立泪汪汪。

原 文

燕燕于飞，下上其音。之子于归，远送于南。瞻望弗及，实劳我心①。

注释

①劳：忧。此指思念之劳。

译文

双双燕子飞天上，上下鸣叫如吟唱。她回娘家永不返，送她向南路茫茫。渐渐远去望不见，我心悲伤欲断肠。

原文

仲氏任只①，其心塞渊②。终温且惠③，淑慎其身④。先君之思⑤，以勖寡人⑥。

注释

①仲：排行第二。任：诚实可信任。

②塞渊：填满内心深处。形容心胸开阔能包容。

③终：既。温：温柔。且：又。惠：和顺。

④淑：善良。慎：谨慎。

⑤先君：死去的国君。这里指卫庄公。

⑥勖：勉励。寡人：古代国君自称。诸侯夫人也可自称寡人，这里是庄姜自称。

译文

仲氏诚实又可信，心胸开朗能容忍。性格温柔又和顺，行

19

为善良又谨慎。常说"别忘先君爱"，她的劝勉记在心。

谷 风

原 文

习习谷风①，以阴以雨。黾勉同心②，不宜有怒。采葑采菲③，无以下体④？德音莫违⑤，"及尔同死"。

注 释

①习习：风声。谷风：来自山谷的大风。

②黾勉：努力。

③葑：蔓菁。菲：萝卜。

④无以：不用。下体：指根部。从采食葑、菲不用根部，比喻娶妻不重其德，只看其色。

⑤德音：指丈夫曾对她说过的好话。

译 文

山谷来风迅又猛，阴云密布大雨倾。夫妻共勉结同心，不该动怒不相容。采摘萝卜和蔓菁，难道要叶不要根？往日良言莫抛弃，"到死和你不离分"。

原 文

行道迟迟①，中心有违②。不远伊迩③，薄送我畿④。谁谓荼苦⑤，其甘如荠。宴尔新昏⑥，如兄如弟。

注 释

①迟迟：缓慢。

②中心：心中。有违：行动和心意相违背。

③伊：是。迩：近。

④薄：语助词，有勉强的意思。畿：门内。这里指门槛。

⑤荼：苦菜。

⑥宴：快乐。新昏：即新婚，指丈夫另娶新人。

译 文

迈步出门慢腾腾，脚儿移动心不忍。不求送远求送近，谁知仅送到房门。谁说苦菜味最苦，在我看来甜如荠。你们新婚多快乐，亲哥亲妹不能比。

原 文

泾以渭浊①，湜湜其沚②。宴尔新昏，不我屑以③。毋逝我梁④，毋发我笱⑤。我躬不阅⑥，遑恤我后⑦。

注 释

①泾、渭：都是河流名，发源甘肃，在陕西高陵县合流。

②湜湜：水清的样子。沚：底。

③屑：顾惜，介意。

④逝：去，往。梁：用石块垒成的拦鱼坝。

⑤发："拨"的借字，搞乱。笱：捕鱼的竹篓。

⑥躬：自身。阅：见容，容纳。

⑦遑：暇，来不及。恤：担忧。后：指走后的事。

译文

渭水入泾泾水浑，泾水虽浑河底清。你们新婚多快乐，不知怜惜我心痛。不要到我鱼坝来，不要再把鱼篓开。现在既然不容我，以后事儿谁来睬。

原文

就其深矣，方之舟之。就其浅矣，泳之游之。何有何亡①，黾勉求之。凡民有丧②，匍匐救之。

注释

①亡：无。

②民：人。这里指邻人。

译文

好比过河河水深，过河就用筏和船。又如河水清且浅，我就游泳到对岸。家里有这没有那，尽心尽力来备办。左邻右舍有灾难，奔走救助不迟延。

原文

不我能慉①，反以我为仇。既阻我德②，贾用不售③。昔育恐育鞫④，及尔颠覆⑤。既生既育，比予于毒⑥。

注释

①慉：爱。

②阻：拒绝。我德：我的好意。

③不售：卖不出去。

④育恐：生活恐慌。育鞠：生活穷困。

⑤颠覆：患难。

⑥于毒：毒虫。

译文

你不爱我倒也罢，不该把我当仇家。我的好意你不睬，好比货物没人买。从前害怕家困穷，患难与共苦经营。如今家境有好转，嫌我厌我如毒虫。

原文

我有旨蓄①，亦以御冬②。宴尔新昏，以我御穷。有洸有溃③，既诒我肄④。不念昔者，伊余来暨⑤。

注释

①旨蓄：蓄以过冬的美味干菜和腌菜。

②御：抵挡。

③有洸有溃：即洸洸溃溃，水激荡溃决的样子。这里形容男子发怒时暴戾凶狠的样子。

④诒：留给。肄：劳苦的工作。

⑤伊余来暨：维我是爱。伊，句首语气词。余，我。来，是。暨，爱。

译文

我备好干菜和腌菜，贮存起来好过冬。你们新婚多快乐，拿我的东西来挡穷。粗声恶气欺负我，粗活重活我担承。当初情意全不念，往日恩爱一场空。

北　风

北风其凉①，雨雪其雱②。惠而好我③，携手同行。其虚其邪④？既亟只且⑤！

①其凉：即凉凉，形容风寒。

②其雱：即雱雱，雪大的样子。

③惠而：惠然，顺从、赞成之意。好我：同我友好。

④其：同"岂"，语气词，加强反问语气。虚："舒"的假借字。邪：有的作"徐"，虚邪即"舒徐"，缓慢的样子。

⑤既：已经。亟：同"急"。只且：语助词。

北风刮来冰寒凉，大雪漫天白

茫茫。赞同我的好朋友，携手一起快逃亡。岂能犹豫慢慢走？事已紧急祸将降！

原 文

北风其喈①，雨雪其霏。惠而好我，携手同归②。其虚其邪？既亟只且！

注 释

①喈："湝"的假借字，寒凉。

②同归：一同走。与上下章的"同行"、"同车"意同。

译 文

北风刮来彻骨凉，雪花纷飞漫天扬。赞同我的好朋友，携手同去好地方。岂能犹豫慢慢走？事已紧急祸将降！

原 文

莫赤匪狐①，莫黑匪乌②。惠而好我，携手同车。其虚其邪？既亟只且！

注 释

①莫赤匪狐：狐狸没有不是红色的。

②莫黑匪乌：乌鸦没有不是黑色的。上两句以两种不祥的动物比喻当时的黑暗统治者。

译 文

天下狐狸皆狡猾，天下乌鸦皆尽黑。赞同我的好朋友，携手同车快离去。岂能犹豫慢慢走？事已紧急莫后悔！

静　女

原文

静女其姝①，俟我于城隅②。爱而不见③，搔首踟蹰④。

注释

①静女：文静的姑娘。姝：美丽。

②俟：等待。城隅：城角隐僻处。一说城上角楼。

③爱：通"薆"，隐藏的意思。

④踟蹰：徘徊。

译文

文静的姑娘真可爱，约我城角楼上来。故意躲藏让我找，急得我抓耳又挠腮。

原文

静女其娈①，贻我彤管②。彤管有炜③，说怿女美④。

注释

①娈：美好的样子。

②贻：赠送。彤管：红管草。

③炜：鲜明的样子。

④说怿：喜爱。女：通"汝"，指红管草。

译 文

文静的姑娘长得好，送我一支红管草。管草红得亮闪闪，我爱它颜色真鲜艳。

原 文

自牧归荑①，洵美且异②。匪女之为美③，美人之贻。

注 释

①牧：郊外。归：通"馈"，赠送。荑：初生的白芽。

②洵：实在。异：奇异。

③女：通"汝"。这里指荑草。

译 文

郊外采荑送给我，荑草美好又奇异。不是荑草真奇异，只因是美人送我的。

柏 舟

原 文

汎彼柏舟①，在彼中河②。髧彼两髦③，实维我仪④；之死矢靡它⑤。母也天只⑥，不谅人只！

注 释

①汎：即泛，浮行。这里形容船在河中不停漂浮的样子。

②中河：河中。

③髧：发下垂的样子。髦：齐眉的头发。

④维：乃，是。仪：配偶。

⑤之死：至死。矢靡它：没有其他。矢，誓。靡，无。它，其他。

⑥也、只：感叹语气助词。

译 文

柏木船儿在漂荡，漂泊荡漾河中央。垂发齐眉少年郎，是我心中好对象；至死不会变心肠。我的天啊我的娘，为何对我不体谅!

汎彼柏舟,在彼河侧。髧彼两髦,实维我特①;之死矢靡慝②。母也天只,不谅人只!

注 释

①特:配偶。

②慝:通"忒",变,更改。

译 文

柏木船儿在漂荡,一漂漂到河岸旁。垂发齐眉少年郎,我愿与他配成双;至死不会变主张。我的天啊我的娘,为何对我不体谅!

墙有茨

原 文

墙有茨①,不可埽也②。中冓之言③,不可道也!所可道也,言之丑也!

注 释

①茨:蒺藜。

②埽:同"扫"。

③中冓：宫闱，宫廷内部。

译 文

墙上有蒺藜，不可扫除它。宫中私房话，不可传播啊！如果传出来，丑不可言啊！

原 文

墙有茨，不可襄也①。中冓之言，不可详也②！所可详也，言之长也！

注 释

①襄：除去，扫除。

②详：细说。

译 文

墙上有蒺藜，不可去除它。宫中私房话，不可细说啊！如果说出来，丑事太多啊！

原 文

墙有茨，不可束也①。中冓之言，不可读也②！所可读也，言之辱也！

注 释

①束：总集而去。这里是打扫干净的意思。

②读：宣扬。

译文

墙上有蒺藜，不能去掉它。宫中私房话，不可吐露啊！如果说出来，真感到羞耻啊！

桑 中

原 文

爱采唐矣①？沫之乡矣②。云谁之思③？美孟姜矣④。期我乎桑中⑤，要我乎上宫⑥，送我乎淇之上矣⑦。

注 释

①爱：在什么地方。唐：蔓生植物，女萝，俗称菟丝。

②沫：地名，春秋时卫邑，即牧野，故地在今河南淇县。

③云：句首语助词。

④孟：排行居长。姜：姓。

⑤期：约会。桑中：卫国地名，亦名桑间，在今河南滑县东北。一说指桑树林中。

⑥要：邀请，约请。上宫：楼名。

⑦淇：水名。淇水在今河南浚县东北。

译文

到哪儿去采女萝啊？到那卫国的沫乡。我的心中在想谁啊？漂亮大姐她姓姜。约我等待在桑中，邀我相会在上宫，送我远到淇水滨。

原文

爰采麦矣？沬之北矣。云谁之思？美孟弋矣①。期我乎桑中，要我乎上宫，送我乎淇之上矣。

注释

①弋：姓。

译文

到哪儿去采麦穗啊？到那卫国沬乡北。我的心中在想谁啊？漂亮大姐她姓弋。约我等待在桑中，邀我相会在上宫，送我远到淇水滨。

原文

爰采葑矣？沬之东矣。云谁之思？美孟庸矣①。期我乎桑中，要我乎上宫，送我乎淇之上矣。

注释

①庸：姓。

译文

到哪儿去采蔓菁啊？到那卫国沬乡东。我的心中在想谁啊？漂亮大姐她姓庸。约我等待在桑中，邀我相会在上宫，送我远到淇水滨。

载 驰

原 文

载驰载驱①，归唁卫侯②。驱马悠悠③，言至于漕④。大夫跋涉⑤，我心则忧。

注 释

①载："乃"的意思，发语词。驰、驱：马跑为驰，策鞭为驱，总为快马加鞭之意。

②唁：慰问死者家属。此指慰问失国的人。

③悠悠：形容道路悠远。

④漕：卫国邑名。

⑤大夫：指许国劝阻许穆夫人到卫吊唁的大臣。跋涉：登山涉水。指许国大夫相追事。

译 文

车马奔驰快快走，回国慰问我卫侯。驱马前奔路遥遥，恨不一步来到漕。许国大夫来劝阻，他们如此我心忧。

原 文

既不我嘉①，不能旋反②。视尔不臧③，我思不远④。既不我嘉，不能旋济⑤。视尔不臧，我思不閟⑥。

注 释

①既：都，尽。不我嘉：不赞同我。嘉，赞同。

②旋反：回归。反，同"返"。

③臧：善。

④不远：不迂阔，切实可行。

⑤济：渡水。

⑥閟：闭塞不通。

译 文

纵然你们不赞同，我也不能返回城。看来你们无良策，我的计划尚可行。纵然你们不赞同，决不回头再返城。看来你们无良策，我的想法尚可通。

原 文

陟彼阿丘①，言采其蝱②。女子善怀③，亦各有行④。许人尤之，众稚且狂⑤。

注 释

①陟：登。阿丘：小丘。

②蝱：草药名，即贝母。可以治疗忧郁症。

③善怀：多忧思。

④行：道理。

⑤众：与"终"通用，既的意思。稚：幼稚。

译 文

登上那个高山冈，采些贝母疗忧伤。女子虽然爱多想，自有道理和主张。许国大夫责备我，真是幼稚又狂妄。

原 文

我行其野，芃芃其麦①。控于大邦②，谁因谁极③？大夫君子，无我有尤④。百尔所思，不如我所之⑤。

注 释

①芃芃：茂盛的样子。

②控：赴告，走告。大邦：大国。此指齐国。

③因：依靠。极：至。此指来救援。

④尤：过错。

⑤所之：所往。

译 文

走在故国田野上，麦苗青青长势旺。快求大国来相帮，依靠他们来救亡。各位大夫听我说，我的主张没有错。尽管你们主意多，不如我去求大国。

卫 风

硕 人

原 文

硕人其颀①，衣锦褧衣②。齐侯之子③，卫侯之妻④，东宫之妹⑤，邢侯之姨⑥，谭公维私⑦。

注 释

①硕：高大。其颀：颀颀，身材高大的样子。

②衣：前"衣"字，作动词用，即穿的意思。褧：罩衫。这句指里面穿着华丽的锦衣，外面罩着麻布制的罩衫，是女子出嫁途中所着装束。

③齐侯：指齐庄公。子：女儿。

④卫侯：指卫庄公。

⑤东宫：指齐太子得臣。东宫为太子住地，因称太子为东宫。

⑥邢：国名，在今河北邢台。

姨：指妻子的姐妹。

⑦谭：亦作"鄂"，国名，在今山东历城。维：是。私：女子称姊妹的丈夫为私，即现在的姐夫或妹夫。

卫

风

译文

高高身材一美女，身着锦服和罩衣。她是齐侯的爱女，她是卫侯的娇妻，她是太子的胞妹，她是邢侯的小姨，谭公是她亲妹婿。

原文

手如柔荑①，肤如凝脂②，领如蝤蛴③，齿如瓠犀④，螓首蛾眉⑤。巧笑倩兮⑥，美目盼兮⑦。

注释

①柔荑：柔嫩的初生白茅的幼苗。

②凝脂：凝结的脂肪，形容肤色光润。

③蝤蛴：天牛的幼虫，白色细长。形容脖颈长而白。

④瓠犀：葫芦籽。形容牙齿白而整齐。

⑤螓：虫名，似蝉而小，它的额头宽大方正。这里形容额头宽阔。蛾：蚕蛾，它的触角细长而弯。

⑥倩：笑时脸上的酒窝。

⑦盼：眼睛黑白分明的样子。

译文

手指纤纤如嫩荑，皮肤白皙如凝脂，美丽脖颈像蝤蛴，牙如瓠籽白又齐，额头方正眉弯细。微微一笑酒窝妙，美目顾盼眼波俏。

原文

硕人敖敖^①，说于农郊^②。四牡有骄^③，朱幩镳镳^④，翟茀以朝^⑤。大夫夙退^⑥，无使君劳。

注释

①敖敖：身材高大的样子。

②说：停驾休息。

③四牡：驾车的四匹雄马。有骄：即骄骄，健壮的样子。

④朱幩：马两旁用红绸缠绕做装饰。镳镳：盛美的样子。

⑤翟茀：用山鸡羽毛装饰的车子。翟，长尾的野鸡。茀，古代车厢上的遮蔽物。

⑥夙退：早点退朝。

译文

美人身材高又高，停车休息在近郊。四匹雄马气势骄，马勒上边红绸飘，乘坐羽车来上朝。大夫朝毕早点退，莫让卫君太辛劳。

原文

河水洋洋^①，北流活活^②。施罛濊濊^③，鳣鲔发发^④，葭菼揭揭^⑤。庶姜孽孽^⑥，庶士有朅^⑦。

注释

①河：黄河。洋洋：水茫茫的样子。

②活活：水流动的样子。

③施：设，张。罟：渔网。涘涘：撒网入水声。

④鳣：大鲤鱼。一说鳇鱼。鲔：鲟鱼。一说鳝鱼。发发：亦作"泼泼"，鱼盛多的样子。一说鱼尾摆动的声音。

⑤揭揭：向上扬起的样子，形容长势旺。

⑥庶：众。姜：姜姓女子。春秋时期诸侯女儿出嫁，常以姊妹或宗室之女从嫁。齐国姜姓，所以称"庶姜"。

⑦庶士：指随从庄姜到卫的齐国诸臣。朅：威武的样子。

译文

黄河之水浩荡荡，哗哗奔流向北方。渔网撒开呼呼响，鱼儿泼泼进了网，芦苇茭草长势旺。姜家众女着盛装，随从庶士也雄壮。

竹　竿

原文

籊籊竹竿①，以钓于淇。岂不尔思②？远莫致之③。

注释

①籊籊：竹竿长而细的样子。

②不尔思：即不思尔。尔，你。此指淇水。

③致：到。

译 文

钓鱼竿儿细又长，曾经钓鱼淇水上。难道不把旧地想，路途太远难还乡。

原 文

泉源在左①，淇水在右。女子有行，远兄弟父母。

注 释

①泉源：水名，在朝歌之北。左：水以北为左，南为右。

译 文

泉源在那左边流，淇水就在右边流。姑娘出嫁要远行，远离父母和弟兄。

原 文

淇水在右，泉源在左。巧笑之瑳①，佩玉之傩②。

注 释

①瑳：玉色鲜白的样子。

②傩：步行有节奏。

译 文

淇水在那右边流，泉源就在左边流。巧笑微露如玉齿，佩玉叮当有节奏。

原文

淇水滺滺①，桧楫松舟②。驾言出游③，以写我忧④。

注释

①滺滺：水流的样子。

②桧楫：桧木做的船桨。

③驾言：本意是驾车，这里指操舟。言，语助词。

④写：渲泄。

译文

淇水流淌水悠悠，桧桨松船水上浮。只好驾车去出游，以解心里思乡愁。

河 广

原文

谁谓河广①？一苇杭之②。谁谓宋远？跂予望之③。

注释

①河：黄河。

②苇：用芦苇编的筏子。杭：渡。

③跂：踮起脚跟。予：我。

译 文

谁说黄河宽又广，一条苇筏就能航。谁说宋国很遥远，踮起脚跟就望见。

原 文

谁谓河广？曾不容刀①。谁谓宋远？曾不崇朝②。

注 释

①曾：乃。刀：通"舠"，小船。以此形容黄河水小易渡。

②崇朝：终朝，一个早晨。

译 文

谁说黄河广又宽，难以容纳小木船。谁说宋国很遥远，一个早晨到对岸。

伯 兮

原 文

伯兮朅兮①，邦之桀兮②。伯也执殳③，为王前驱④。

注 释

①伯：古代妻子称自己的丈夫。朅：威武健壮的样子。

②桀：才能出众的人。

③殳：古代兵器，竹制的竿，长一丈二尺。

④前驱：先锋。

卫
风

译 文

我的夫君真英武，才智出众屈指数。丈二长矛拿在手，为王出征走前头。

原 文

自伯之东，首如飞蓬①。岂无膏沐②？谁适为容③？

注 释

①飞蓬：形容头发如乱草。

②膏：润发油。沐：洗。

③适：悦，喜欢。

译 文

自从夫君去东征，我发散乱如飞蓬。难道没有润发油？叫我为谁来美容？

原 文

其雨其雨，杲杲出日①。愿言思伯②，甘心首疾③。

注 释

①杲杲：明亮的样子。

②愿言：念念不忘的样子。愿，每，常常。

③甘心：情愿。首疾：头痛。

盼那大雨下一场，天上偏偏出太阳。天天我把夫君盼，想得头痛也心甘。

原　文

焉得谖草①？言树之背。愿言思伯，使我心痗②。

注　释

①谖：又名萱草，古人认为此草可以使人忘忧，又叫忘忧草。

②痗：病。

译　文

哪儿能找忘忧草？找来种在此屋旁。天天我把夫君想，魂牵梦绕心悲伤。

王 风

黍 离

原 文

彼黍离离[1]，彼稷之苗。行迈靡
靡[2]，中心摇摇[3]。知我者，谓我心
忧；不知我者，谓我何求。悠悠苍
天[4]，此何人哉？

注 释

①黍：北方的一种农作物，形似
小米，有粘性。离离：一行行的。

②靡靡：走路缓慢的样子。

③摇摇：心神不定的样子。

④悠悠：遥远的样子。

译 文

看那黍子一行行，高粱苗儿在生
长。迈着步子走且停，心里只有忧和

伤。知我者说我心忧，不知者说我有求。高高在上苍天啊，何人害我离家走！

原文

彼黍离离，彼稷之穗。行迈靡靡，中心如醉。知我者，谓我心忧；不知我者，谓我何求。悠悠苍天，此何人哉！

译文

看那黍子一行行，高粱穗儿也在长。迈着步子走且停，如同喝醉酒一样。知我者说我心忧，不知者说我有求。高高在上苍天啊，何人害我离家走！

原文

彼黍离离，彼稷之实。行迈靡靡，中心如噎①。知我者，谓我心忧；不知我者，谓我何求。悠悠苍天，此何人哉？

注释

①噎：堵塞。此处以食物卡在食管比喻忧深难以呼吸。

译文

看那黍子一行行，高粱穗儿红堂堂。迈着步子走且停，心内如堵塞一般痛。知我者说我心忧，不知者说我有求。高高在上苍天啊，何人害我离家走！

君子于役

原 文

君子于役①，不知其期，曷至哉②？鸡栖于埘③，日之夕矣，羊牛下来。君子于役，如之何勿思！

注 释

①君子：妻子称呼丈夫。役：徭役或兵役。

②曷至哉：现在他到了何处呢？一说意为"什么时候回来呀？"曷，何。

③埘：墙洞式的鸡窝。

译 文

丈夫服役去远方，期限长短难估量，不知到了啥地方。鸡儿已经进了窝，太阳也向西方落，牛羊成群下山坡。丈夫服役在远方，叫我怎不把他想。

原 文

君子于役，不日不月①，曷其有佸②？鸡栖于桀③，日之夕矣，羊牛下括④。君子于役，苟无饥渴⑤？

注 释

①不日不月：没日没月，指没有归期。

②佸：相会。

③桀：木桩。这里指鸡窝中供鸡栖息的横木。

④括：义同"佸"。这里指牛羊聚集在一起。

⑤苟：且，或许。

译文

丈夫服役去远方，没日没月恨日长，不知何时聚一堂。鸡儿纷纷上了架，太阳渐渐也西下，牛羊下坡回到家。丈夫服役在远方，但愿不会饿肚肠。

兔爰

原文

有兔爰爰①，雉离于罗②。我生之初，尚无为③。我生之后，逢此百罹④，尚寐无吪⑤。

注释

①爰爰：自由自在的样子。

②离：同"罹"，遭遇。罗：网。

③尚：犹，还。无为：无事。此指无战乱之事。

④百罹：多种忧患。

⑤尚：庶几，有希望的意思。寐：睡。无吪：不动。

译文

野兔儿自由自在，野鸡儿落进网来。我刚出生的时候，没有战乱没有灾。自我出生以后，遭遇种种祸害，但愿永睡不要醒来。

原 文

有兔爰爰，雉离于罗①。我生之初，尚无造②。我生之后，逢此百忧，尚寐无觉③。

注 释

①罗：装有机关的捕鸟兽的网。

②无造：即无为。

③无觉：不醒。

译 文

野兔儿自由自在，野鸡儿落进网来。我刚出生的时候，没有徭役没有灾。自我出生以后，遭遇种种苦难，但愿长睡永不醒。

原 文

有兔爰爰，雉离于罦①。我生之初，尚无庸②。我生之后，逢此百凶，尚寐无聪③。

注 释

①罦：捕鸟网。

②无庸：无劳役。

③无聪：不想听。

译 文

野兔儿自由自在，野鸡儿落进网来。我刚出生的时候，没有劳役没有灾。自我出生以后，遭遇种种祸端，但愿长睡听不见。

郑 风

将仲子

原 文

将仲子兮①，无踰我里②，无折我树杞。岂敢爱之③？畏我父母④。仲可怀也，父母之言，亦可畏也。

注 释

①将：请。仲子：男子的字，犹言"老二"。

②踰：跨越。里：五家为邻，五邻为里，里外有墙。

③爱：吝惜，舍不得。

④畏：害怕。

译 文

仲子哥啊听我讲，不要跨过里外墙，莫把杞树来碰伤。不是爱惜这些树，是怕我的爹和娘。无时不把哥牵挂，又怕爹娘来责骂，这事真叫我害怕。

原文

将仲子兮，无窬我墙，无折我树桑。岂敢爱之？畏我诸兄。仲可怀也，诸兄之言，亦可畏也。

译文

仲子哥啊听我讲，不要翻过我家墙，莫碰墙边种的桑。不是爱惜这些树，是怕兄长来阻挡。无时不把哥牵挂，又怕兄长把我骂，这事真叫我害怕。

原文

将仲子兮，无窬我园，无折我树檀。岂敢爱之？畏人之多言。仲可怀也，人之多言，亦可畏也。

译文

仲子哥啊听我讲，不要登我后园墙，莫让檀树枝干伤。不是爱惜这些树，是怕众人舌头长。无时不把哥牵挂，闲话也能把人杀，这事真叫我害怕。

女曰鸡鸣

原文

女曰："鸡鸣。"士曰："昧旦①。""子兴视夜②，明星有烂③。""将翱将翔，弋凫与雁④。"

注释

①昧旦：黎明时分。

②兴：起来。

③有烂：烂烂，明亮的样子。

④弋：古代用生丝做线，系在箭上射鸟，叫做"弋"。

译文

女子说："鸡已叫了。"男子说："天快亮了。""你快起来看天空，启明星儿亮晶晶。""鸟儿正在空中飞翔，射点鸭雁给你尝。"

原文

"弋言加之①，与子宜之②。宜言饮酒，与子偕老。琴瑟在御③，莫不静好④。"

注释

①加：射中。

②宜：据《尔雅》："肴也。"即菜肴，此处作动词用，指烹调菜肴。

③御：用。此处是弹奏的意思。古代常用琴瑟的合奏象征夫妇同心和好。

④静好：安好。

译文

"射中鸭雁拿回家，做成菜肴味道香。就着美味来饮酒，恩爱生活百年长。你弹琴来我鼓瑟，夫妻安好心欢畅。"

原 文

"知子之来之①，杂佩以赠之②；知子之顺之③，杂佩以问之④；知子之好之，杂佩以报之⑤。"

注 释

①来：劳来，关怀。

②杂佩：用多种珠玉制作的佩饰。

③顺：柔顺。

④问：赠送。

⑤报：赠物报答。

译 文

"知你对我真关怀，送你玉佩表我爱。知你对我多温柔，送你玉佩表我情。知你对我情义深，送你玉佩表我心。"

褰 裳

原 文

子惠思我①，褰裳涉溱②。子不我思③，岂无他人？狂童之狂也且④！

注 释

①惠：爱。

②褰：提起。裳：裙衣。溱：郑国河名。

③不我思：即不思我。

④童：愚昧。且：语气词。

译 文

你若爱我想念我，赶快提起衣裳游过溱水河。你若不再想念我，难道没有别人来找我？你这个傻里傻气的傻哥哥！

原 文

子惠思我，褰裳涉洧①。子不我思，岂无他士？狂童之狂也且！

注 释

①洧：郑国河名。

译 文

你若爱我想念我，赶快提起衣裳蹚过洧水河。你若不再想念我，难道没有别的少年哥想我？你这个傻里傻气的傻哥哥！

出其东门

原 文

出其东门①，有女如云②。虽则如云。匪我思存③。缟衣綦巾④，聊乐我员⑤。

注 释

①东门：是郑国游人云集的地方。

②如云：比喻女子众多。

③思存：思念。

④缟：白色。綦：苍艾色。巾：头巾，一说围裙。此为贫家女服饰。

⑤聊：且。员：语助词。此句《韩诗》作"聊乐我魂"，魂，精神。可参看。

译 文

出了城东门，女子多如云。虽然多如云，不是我心上人。身着白衣绿裙人，才让我快乐又亲近。

原 文

出其闉阇①，有女如荼②。虽则如荼，匪我思且③。缟衣茹藘④，聊可与娱。

注 释

①闉阇：城门外的护门小城，即瓮城门。

②荼：白茅花。这里用来比喻女子众多。

③思且：思念，向往。且，语气语。

④茹藘：茜草，可作红色染料。此指红色佩巾。

 译 文

出了外城门，女子多如花。虽然多如花，不是我爱的人。身着白衣红佩巾，才让我喜爱又欢欣。

野有蔓草

原 文

野有蔓草①，零露漙兮②。有美一人，清扬婉兮③。邂逅相遇④，适我愿兮⑤。

注 释

①蔓草：漫延的草。

②零：降落。漙：露水多的样子。

③清扬：眉清目秀的样子。婉：美好。

④邂逅：不期而遇。

⑤适：适合。

译 文

野草漫漫连成片，草上露珠亮闪闪。有位美女路上走，眉清目秀美又艳。不期相遇真正巧，正好适合我心愿。

原文

野有蔓草，零露瀼瀼①。有美一人，婉如清扬。邂逅相遇，与子偕臧②。

注释

①瀼瀼：露水多的样子。

②偕臧：一同藏起来。臧，同"藏"。

译文

野草漫漫连成片，草上露珠大又圆。有位美女路上走，眉清目秀美容颜。不期相遇真正巧，与她幽会两心欢。

齐 风

鸡 鸣

原 文

"鸡既鸣矣，朝既盈矣①。""匪鸡则鸣②，苍蝇之声。"

注 释

①盈：满。此指大臣上朝。

②匪：同"非"，不是。

译 文

"你听公鸡已叫鸣，大臣都已去朝廷。""不是公鸡在叫鸣，是那苍蝇嗡嗡声。"

原 文

"东方明矣，朝既昌矣①。""匪东方则明，月出之光。虫飞薨薨②，甘与子同梦。""会且归矣，无庶予子憎③。"

注 释

①昌：盛。仍指朝堂人多。

②薨薨：虫飞声。

③无庶："庶无"的倒文，希望之意。憎：憎恶，讨厌。这句话的意思是，希望不要招来别人对你的憎恨。

"你看东方现光明，朝会大臣已满廷。""不是东方现光明，那是月光闪盈盈。你听虫飞声嗡嗡，甘愿与你同入梦。""朝会大臣要回家，千万别说你坏话。"

东方未明

东方未明，颠倒衣裳。颠之倒之，自公召之。

东方还没露亮光，颠倒穿衣慌又忙。慌忙哪知颠与倒，只因公差来喊叫。

东方未晞①，颠倒裳衣。倒之颠之，自公令之。

①晞：拂晓，天明。

齐风

59

译文

东方未明天色黑，穿衣颠倒忙又急。急忙哪知颠与倒，只因公差在喊叫。

原文

折柳樊圃①，狂夫瞿瞿②。不能辰夜③，不夙则莫④。

注释

①樊：篱笆。此处作动词用。

②狂夫：指监工者。瞿瞿：瞪视的样子。

③辰：时。此指守时。

④夙：早。莫：同"暮"。

译文

筑篱砍下柳树枝，监工在旁怒目视。不能按时睡个觉，早起晚睡真辛劳。

园有桃

原　文

园有桃，其实之肴①。心之忧矣，我歌且谣②。不知我者，谓我士也骄③。"彼人是哉④，子曰何其⑤。"心之忧矣，其谁知之？其谁知之，盖亦勿思⑥！

注　释

①肴：食。

②歌、谣：泛指歌唱。

③士：古代对知识分子或一般官吏的称呼。

④彼人：那人，指朝廷执政者。是：对，正确。

⑤子：你，即作者。何其：为什么。其，语气词。

⑥盖：同"盍"，何不。

译　文

园内有棵桃树，桃子可以当佳肴。内心忧伤无处诉，我且唱歌说歌谣。不了解我的人，说我这人太骄傲。"那人是正确的啊，你说什么没必要。"内心忧伤无处诉，有谁了解我苦恼？没人了解我苦恼，只好不再去思考！

原文

园有棘①，其实之食。心之忧矣，聊以行国②。不知我者，谓我士也罔极③。"彼人是哉，子曰何其。"心之忧矣，其谁知之？其谁知之，盖亦勿思！

注释

①棘：酸枣树。

②行国：周游方国。

③罔极：无常。

译文

园内有棵枣，枣子当食可吃饱。内心忧伤无处诉说，姑且到处去走走。不了解我的人，说我这人背常道。"那人是正确的啊，你说那些没必要。"内心忧伤无处诉，有谁了解我苦恼？没人了解我的苦恼，只好不再去思考！

陟岵

原文

陟彼岵兮①，瞻望父兮。父曰②："嗟！予子行役，夙夜无已。上慎旃哉③，犹来无止④！"

注 释

①陟：登。岵：有草木的山。

②父曰：这是诗人想象他父亲说的话。下文"母曰"、"兄曰"同。

③上：同"尚"，希望。慎：谨慎。旃：助词，之，焉。

④犹来：还是回来。无：不要。止：停留。

译 文

登上草木青青高山冈，登高来把爹爹望。爹说："唉！我儿服役远在外，爹爹日夜挂心怀。望你小心保平安，服完劳役早回来！"

原 文

陟彼屺兮①，瞻望母兮。母曰："嗟！予季行役②，夙夜无寐③。上慎旃哉，犹来无弃！"

注 释

①屺：不长草木的山。

②季：小儿子。

③无寐：没时间睡觉。

译 文

登上高高山顶，登上山顶望亲娘。娘说："唉！幺儿当差在他乡，老娘日夜心中想。望你小心保平安，别把爹娘弃一旁！"

陟彼冈兮，瞻望兄兮。兄曰："嗟！予弟行役，夙夜必偕①。上慎旃哉，犹来无死！"

注释

①偕：俱，在一起。

译文

登上那个高山冈，登上高冈望兄长。哥说："唉！弟弟服役走得远，哥哥就在你身边。望你小心保平安，身体健壮要生还！"

十亩之间

原文

十亩之间兮，桑者闲闲兮①。行与子还兮②。

注释

①桑者：采桑的人。闲闲：宽闲、从容的样子。
②行：走。

译文

十亩之内桑树间，采桑姑娘已悠闲。走吧，咱们一起回家转。

原 文

十亩之外兮，桑者泄泄兮①。行与子逝兮②。

注 释

①泄泄：人多的样子。

②逝：返回。

译 文

十亩之外桑树林，采桑姑娘结成群。走吧，咱们一起转回村。

硕 鼠

原 文

硕鼠硕鼠，无食我黍！三岁贯女①，莫我肯顾②。逝将去女③，适彼乐土④。乐土乐土，爰得我所⑤。

注 释

①贯："宦"的假借字，侍奉、养活的意思。女：通"汝"，你。

②莫我肯顾:"莫肯顾我"的倒装。顾,顾及,照管。

③逝:通"誓",发誓。去:离开。

④适:往。乐土:安居乐业的地方。

⑤爰:乃,就。

译文

大老鼠啊大老鼠,不要偷吃我的黍!多年辛苦养活你,我的死活你不顾。发誓从此离开你,到那理想的乐土。乐土啊美好乐土,那是安居好去处。

原文

硕鼠硕鼠,无食我麦!三岁贯女,莫我肯德①。逝将去女,适彼乐国。乐国乐国,爰得我直②。

注释

①德:感激之意。

②直:报酬。

译文

大老鼠啊大老鼠,不要偷吃我的麦!多年辛苦养活你,不闻不问不感谢。发誓从此离开你,到那理想安乐地。快乐呀快乐,劳动所得归自己。

原文

硕鼠硕鼠,无食我苗!三岁贯女,莫我肯劳①。逝将去汝,适彼乐郊。乐郊乐郊,谁之永号②?

①劳：慰劳。

②永号：长叹。

译　文

　　大老鼠啊大老鼠，不要偷吃我的苗！多年辛苦养活你，没日没夜谁慰劳。发誓从此离开你，到那理想的乐郊。乐郊啊美好乐郊，谁还叹气长呼嚎？

唐 风

蟋 蟀

原 文

蟋蟀在堂①，岁聿其莫②。今我不乐，日月其除③。无已大康④，职思其居⑤。好乐无荒⑥，良士瞿瞿⑦。

注 释

①堂：厅堂。

②聿：语助词，有"遂"的意思。莫：同"暮"。

③除：去。

④已：甚，过度。大康：即泰康，过于安乐。

⑤职：还要。居：所任的职位。

⑥好：喜好。荒：荒废。

⑦瞿瞿：惊呀的样子。这里有警惕之意。

译 文

天寒蟋蟀进堂屋，一年匆匆临岁暮。今不及时去行乐，日月如梭留不住。行乐不可太过度，本职事情莫耽误。正业不废又娱乐，贤良之士多警悟。

原 文

蟋蟀在堂，岁聿其逝①。今我不乐，日月其迈②。无已大康，职思其外③。好乐无荒，良士蹶蹶④。

注 释

①逝：去。

②迈：逝去。

③外：本职之外的事。

④蹶蹶：勤恳敏捷的样子。

译 文

天寒蟋蟀进堂屋，一年匆匆到岁暮。今不及时去行乐，日月如梭停不住。行乐不可太过度，分外之事也不误。正业不废又娱乐，贤良之士勤事务。

原 文

蟋蟀在堂，役车其休①。今我不乐，日月其慆②。无已大康，职思其忧。好乐无荒，良士休休③。

注 释

①役车：服役的车子。

②慆：逝去。

③休休：安闲的样子。

译文

天寒蟋蟀进堂屋，行役车辆也休息。今不及时去行乐，日月如梭不停留。行乐不可太过度，还有国事让人忧。正业不废又娱乐，贤良之士乐悠悠。

山有枢

原文

山有枢[1]，隰有榆[2]。子有衣裳，弗曳弗娄[3]。子有车马，弗驰弗驱。宛其死矣[4]，他人是愉[5]。

注释

①枢：臭椿树。一说刺榆。

②隰：低洼的地。

③曳：拖。娄：意同"曳"，都指穿衣的动作。

④宛其：宛然，形容枯萎倒下的样子。此指将死状。

⑤愉：乐。

译文

山上有树名为枢，低地有树名叫榆。你有裳来又有衣，不穿不用压箱底。你有马来又有车，不骑不乘不驰驱。有朝一日眼一闭，他人享受多欢愉。

原 文

山有栲①，隰有杻②。子有廷内③，弗洒弗扫。子有钟鼓，弗鼓弗考④。宛其死矣，他人是保⑤。

注 释

①栲：树名，又叫山樗。

②杻：树名，又叫檍。

③廷内：庭院与堂室。

④鼓：敲打。考：敲。

⑤保：持有。

译 文

山上有树名为栲，低地有树名叫檍。你有院来又有房，不去打扫任肮脏。你有钟来又有鼓，不敲不打没声响。有朝一日眼一闭，他人拥有把福享。

原 文

山有漆①，隰有栗②。子有酒食，何不日鼓瑟③？且以喜乐，且以永日④。宛其死矣，他人入室。

注 释

①漆：树名，其汁液可做涂料。

②栗：栗子树。

③鼓瑟：弹奏琴瑟。瑟为一种二十五弦的乐器。

④永日：整日，终日。

译文

山上有树名为漆，低地有树名叫栗。你有菜来又有酒，何不宴饮又奏乐？姑且以此来娱乐，姑且以此度朝夕。有朝一日眼一闭，他人住进你屋里。

鸨 羽

原文

肃肃鸨羽①，集于苞栩②。王事靡盬③，不能蓺稷黍④，父母何怙⑤？悠悠苍天⑥，曷其有所⑦？

注释

①肃肃：鸟飞振翅声。鸨：俗名野雁，没有后趾，不便在树上栖息，需不时扇动翅膀才能保持平衡，所以发出"肃肃"之声。

②集：止，栖息。苞：丛生。栩：栎树，一名柞树。

③王事：国家摊派的差役。靡盬：没有止息。

④蓺：种植。

⑤怙：依靠。

⑥悠悠：高远的样子。

⑦曷：何时。所：处所。

译文

大雁振翅沙沙响，落在丛生柞树上。国王差事没个完，不能种植稷黍粮，父母依靠什么养？悠悠苍天在上方，何时安居有地方？

肃肃鸨翼，集于苞棘①。王事靡盬，不能艺黍稷，父母何食？悠悠苍天，曷其有极？

注释

①棘：酸枣树。

译文

大雁振翅沙沙响，落在丛生棘树上。国王差事没个完，不能种植黍稷粮，父母怎能饿肚肠？悠悠苍天在上方，服役期限有多长？

原文

肃肃鸨行①，集于苞桑，王事靡盬，不能艺稻粱，父母何尝②？悠悠苍天，曷其有常③？

注释

①行：原指"翅根"，引申为鸟翅。
②尝：吃。
③常：正常。

译文

大雁振翅沙沙响，落在密密桑树上。国王差事没个完，不能种植稻稷粮，岂不饿坏我爹娘？悠悠苍天在上方，何时日子能正常？

蒹 葭

原 文

蒹葭苍苍①，白露为霜②。所谓伊人③，在水一方④。溯洄从之⑤，道阻且长⑥。溯游从之⑦，宛在水中央⑧。

注 释

①蒹：没长穗的芦苇。葭：初生的芦苇。苍苍：茂盛的样子。

②白露：露水是无色的，因凝结成霜呈现白色，所以称"白露"。

③所谓：所说的。伊人：这个人。

④一方：那一边，指对岸。

⑤溯：沿着岸向上游走。洄：逆流而上。从：跟踪追寻。

⑥阻：险阻。

⑦游：流，指直流的水道。

⑧宛：仿佛，好像。

秦
风

译 文

　　河畔芦苇碧苍苍，深秋白露结成霜。我所思念的人儿，就在水的那一方。逆着水流沿岸找，道路艰险又漫长。顺着水流沿岸找，仿佛在那水中央。

原 文

　　蒹葭凄凄①，白露未晞②。所谓伊人，在水之湄③。溯洄从之，道阻且跻④。溯游从之，宛在水中坻⑤。

注 释

　　①凄凄：通"萋萋"，茂盛的样子。

　　②晞：干。

　　③湄：岸边。

　　④跻：地势渐高。

　　⑤坻：水中小岛。

译 文

　　河畔芦苇密又繁，太阳初升露未干。我所思念的人儿，就在水的那一边。逆着水流沿岸找，道路险阻难登攀。顺着水流沿岸找，仿佛在那水中岛。

原 文

蒹葭采采①，白露未已。所谓伊人，在水之涘②。溯洄从之，道阻且右③。溯游从之，宛在水中沚④。

注 释

①采采：众多的样子。

②涘：水边。

③右：道路向右边弯曲。

④沚：水中的小块陆地。

译 文

河畔芦苇密又稠，早露犹在未干透。我所思念的人儿，就在水的那一头。逆着水流沿岸找，道路险阻弯又长。顺着水流沿岸找，仿佛在那水中央。

黄 鸟

原 文

交交黄鸟①，止于棘②。谁从穆公③？子车奄息④。维此奄息，百夫之特⑤。临其穴⑥，惴惴其慄⑦。彼苍者天，歼我良人⑧！如可赎兮，人百其身⑨！

注 释

①交交：鸟叫声。黄鸟：黄雀。

②止：停，落。棘：酸枣树。黄雀落在棘、桑、楚等小树上，指不得其所。还有一种解释，棘指紧急，桑指悲伤，楚指痛楚，是双关意，可参考。

③从：从死，指殉葬。穆公：秦国国君。

④子车奄息：人名，子车为姓。

⑤特：匹配。

⑥穴：墓穴。

⑦惴惴：害怕的样子。慄：战慄，发抖。

⑧良人：好人，善人。

⑨人百其身：用百人赎他一人。

译 文

小黄鸟儿在鸣叫，飞来落在枣树丛。谁从穆公去殉葬，子车奄息是他名。说起这位奄息郎，才德百人比不上。人们走近他墓穴，浑身战慄心哀伤。浩浩苍天在上方，杀我好人不应当。如果可以赎他命，愿以百人来抵偿。

原 文

交交黄鸟，止于桑。谁从穆公？子车仲行。维此仲行，百夫之防①。临其穴，惴惴其慄。彼苍者天，歼我良人！如可赎兮，人百其身！

注 释

①防：比并，相当。

译文

小黄鸟儿在鸣叫，飞来落在桑树上。谁从穆公去殉葬，子车仲行有声望。说起这位仲行郎，才德百人难比量。人们走近他墓穴，浑身战慄心哀伤。浩浩苍天在上方，杀我好人不应当。如果可以赎他命，愿以百人来抵偿。

原文

交交黄鸟，止于楚。谁从穆公？子车针虎。维此针虎，百夫之御①。临其穴，惴惴其慄。彼苍者天，歼我良人！如可赎兮，人百其身！

注释

①御：当。

译文

小黄鸟儿交交鸣，飞来落在荆树上。谁从穆公去殉葬，子车针虎是他名。说起这位针虎郎，百人才德没他强。人们走近他墓穴，浑身战慄心哀伤。浩浩苍天在上方，杀我好人不应当。如果可以赎他命，愿以百人来抵偿。

晨 风

原文

鴥彼晨风①，郁彼北林②。未见君子，忧心钦钦③。如何如

78

何④？忘我实多！

秦
风

①鴥：鸟疾飞的样子。晨风：鸟名，或作"鹯风"，属于鹰鹯一类猛禽。

②郁：茂盛的样子。

③钦钦：忧愁而不能忘记的样子。

④如何：奈何，怎么办。

译 文

晨风鸟儿疾飞翔，飞回北林茂树上。许久未见我夫君，心中忧愁时刻想。怎么办啊怎么办？难道他已把我忘！

原 文

山有苞栎①，隰有六驳②。未见君子，忧心靡乐。如何如何？忘我实多！

注 释

①苞：丛生的样子。栎：树名。

②六：表示多数，非确指。驳：树木名，又叫赤李。

译 文

丛丛栎树满山冈，成片赤李湿地长。许久未见我夫君，愁闷不乐天天想。怎么办啊怎么办？难道他已把我忘！

原 文

山有苞棣①，隰有树檖②。未见君子，忧心如醉。如何如何？忘我实多！

注 释

①棣：木名，又名唐棣。

②树：直立的样子。檖：山梨。

译 文

丛丛棣树满山冈，茂盛檖树湿地长。许久未见我夫君，心如醉酒魂魄亡。怎么办啊怎么办？难道他已把我忘！

无 衣

原 文

岂曰无衣？与子同袍①。王于兴师②，修我戈矛。与子同仇！

注 释

①袍：长衣。就是斗篷，白天当衣，夜里当被。

②王：指周天子。一说指秦国国君。于：语助词。兴师：起兵。

译 文

谁说我们没衣裳，与

你同穿战袍。国王兴兵要征讨，赶快修好戈和矛。你我一同把 仇报。

原文

岂曰无衣？与子同泽①。王于兴师，修我矛戟。与子偕作②！

注释

①泽：同"襗"，贴身内衣。

②作：起。

译文

谁说我们没衣裳，与你同穿内衣。国王兴兵要征讨，赶快修好戟和矛。你我并肩对敌寇。

原文

岂曰无衣？与子同裳①。王于兴师，修我甲兵。与子偕行！

注释

①裳：下衣，战裙。

译文

谁说我们没衣裳，与你同穿战裙。国王兴兵要征讨，赶快修好铠甲刀。你我同行去战斗。

陈 风

宛 丘

原 文

子之汤兮①，宛丘之上兮②。洵有情兮③，而无望兮。

注 释

①子：你。此指跳舞的巫女。汤：通"荡"。这里指舞动的样子。

②宛丘：陈国地名，是游览之地。

③洵：确实。

译 文

你的舞姿回旋荡漾，舞动在那宛丘之上。我是真心爱慕你啊，只可惜没有希望。

原 文

坎其击鼓①，宛丘之下。无冬无夏，值其鹭羽②。

注 释

①坎其：即坎坎，描写击鼓、击缶之声。

②值：指持或戴。鹭羽：用鹭鸶鸟的羽毛制成的饰物。

译 文

敲得鼓儿咚咚响，舞动在宛丘平地上。无论寒冬与炎夏，洁白鹭羽手中扬。

原 文

坎其击缶①，宛丘之道。无冬无夏，值其鹭翿②。

注 释

①缶：瓦制的打击乐器。

②鹭翿：用鹭羽制成的舞具。

译 文

敲起瓦缶当当响，舞动在宛丘大道上。无论寒冬与炎夏，鹭羽饰物戴头上。

衡 门

原 文

衡门之下①，可以栖迟②。泌之洋洋③，可以乐饥④。

①衡门：横木为门。这里指简陋的房屋。

②栖迟：休息。

③泌：水名。洋洋：水盛的样子。

④乐饥：疗饥。乐，通"疗"。

译 文

用横木做门的简陋屋，可以栖身可以住。泌水清清长流淌，清水也可充饥肠。

原 文

岂其食鱼，必河之鲂①？岂其取妻，必齐之姜②？

注 释

①鲂：鱼名，鱼中味美者。

②齐之姜：齐国姓姜的贵族女子。

译 文

难道我们要吃鱼，黄河鲂鱼才算香？难道我们要娶妻，非娶齐国姜姑娘？

原 文

岂其食鱼，必河之鲤？岂其取妻，必宋之子①？

注 释

①宋之子：宋国姓子的贵族女子。

译文

难道我们要吃鱼，黄河鲤鱼才可尝？难道我们要娶妻，非娶宋国子姓姑娘？

东门之杨

原文

东门之杨，其叶牂牂①。昏以为期②，明星煌煌③。

注释

①牂牂：茂盛的样子。

②昏：黄昏。期：约定。

③明星：明亮的星星。一说指启明星。煌煌：明亮的样子。

译文

东门外面有白杨，枝繁叶茂好地方。相约黄昏来相会，等到众星闪闪亮时。

原文

东门之杨，其叶肺肺①。昏以为期，明星晢晢②。

注 释

①肺肺：茂盛的样子。

②晢晢：明亮的样子。

译 文

东门外面有白杨，风吹树叶沙沙响。相约黄昏来相会，等到启明星儿亮时。

泽 陂

原 文

彼泽之陂①，有蒲与荷②。有美一人，伤如之何③？寤寐无为④，涕泗滂沱⑤。

注 释

①泽：池塘。陂：堤岸。

②蒲：一种水草。

③伤：因思念而忧伤。

④无为：无办法。

⑤涕：眼泪。泗：鼻涕。滂沱：本意是雨下得大，此处形容泪涕俱下的样子。

译 文

池塘四周有堤坝，池中有蒲草与荷花。那边有个美人儿，我爱他（她）爱得没办法。日夜想他（她）难入睡，哭得眼泪哗啦啦。

原 文

彼泽之陂，有蒲与蕑①。有美一人，硕大且卷②。寤寐无为，中心悁悁③。

注 释

①蕑：《鲁诗》作"莲"。莲莲，荷花的果实。

②卷：头发卷曲而美的样子。

③悁悁：忧郁的样子。

译 文

池塘四周堤坝高，池中有荷莲与蒲草。那边有个美人儿，身材修长容貌好。日夜想他（她）睡不着，内心郁闷愁难熬。

原 文

彼泽之陂，有蒲菡萏①。有美一人，硕大且俨②。寤寐无为，辗转伏枕。

注 释

①菡萏：荷花。

②俨：端庄矜持的样子。

译 文

池塘四周堤坝高，池中有荷花与蒲草。那边有个美人儿，身材修长风度好。日夜想他（她）睡不着，伏枕辗转多烦恼。

隰有苌楚

原　文

隰有苌楚①，猗傩其枝②。夭之沃沃③，乐子之无知④。

注　释

①隰：低湿的地方。苌楚：蔓生植物，又叫羊桃、猕猴桃。

②猗傩：义同"婀娜"，茂盛而柔美的样子。

③夭：少。指苌楚处于茁壮成长时期。沃沃：形容叶子润泽的样子。

④乐：喜。这里有羡慕之意。子：指苌楚。

译　文

低洼地上长羊桃，漫长藤绕枝繁茂。鲜嫩润泽长势好，羡慕你没有知觉不烦恼。

原　文

隰有苌楚，猗傩其华。夭之沃沃，乐子之无家①。

①无家：没有家室。

译文

低洼地上长羊桃，花儿盛开光彩耀。鲜嫩润泽长势好，羡慕你无牵无挂无家小。

原文

隰有苌楚，猗傩其实。夭之沃沃，乐子之无室①。

注释

①无室：没有家室。

译文

低洼地上长羊桃，果实累累挂满条。鲜嫩润泽长势好，羡慕你没有家室要关照。

匪　风

原文

匪风发兮①，匪车偈兮②。顾瞻周道③，中心怛兮④。

注释

①匪风：那风。匪：通"彼"，那。发：起。

②偈：车马急驰的样子。

③周道：大道。

④怛：忧伤。

译 文

风儿刮得呼呼响，车子跑得飞一样。回头望着离家路，想念家人真忧伤。

原 文

匪风飘兮①，匪车嘌兮②。顾瞻周道③，中心吊兮。

注 释

①飘：飘风，旋风。这里指风势疾速回旋的样子。

②嘌：疾速。

③吊：悲伤。

译 文

风儿刮得直打旋，车子疾驰不安全。回头望着离家路，想念家人恨悲伤。

原 文

谁能亨鱼？溉之釜鬵①。谁将西归？怀之好音②。

注 释

①溉：洗涤。釜：锅。鬵：大锅。

②怀：遗，带给。好音：平安消息。

译 文

谁能烹鱼和烧饭，我来涮锅又洗碗。谁将西归回乡去，托他带信报平安。

曹 风

蜉 蝣

蜉蝣之羽①，衣裳楚楚②。心之忧矣，于我归处③。

①蜉蝣：昆虫，形如天牛而小，翅薄而透明，会飞，但朝生暮死。

②楚楚：鲜明的样子。

③于：同"与"义。归处：指死亡。

蜉蝣展动着翅膀，衣裳鲜明又漂亮。朝生暮死心忧伤，我们归宿都一样。

蜉蝣之翼，采采衣服①。心之忧矣，于我归息。

注　释

①采采：华丽鲜明的样子。

译　文

蜉蝣展翅在飞翔，衣服华丽闪亮亮。朝生暮死心忧伤，与我归宿一个样。

原　文

蜉蝣掘阅①，麻衣如雪②。心之忧矣，于我归说③。

注　释

①掘阅：穿穴。阅，通"穴"。

②麻衣：白布衣。这里指蜉蝣透明的羽翼。

③说：通"税"，止息。

译　文

蜉蝣穿洞到人间，麻衣白亮如雪片。朝生暮死心忧伤，我们归宿都同样。

七 月

原 文

七月流火①，九月授衣②。一之日觱发③，二之日栗烈④。无衣无褐⑤，何以卒岁？三之日于耜⑥，四之日举趾⑦。同我妇子，馌彼南亩⑧。田畯至喜⑨。

注 释

①流：向下行。火：星名，亦称"大火"。每年夏历六月此星出现于正南方，位置最高，七月以后就偏西向下，所以称"流火"。

②授衣：把裁制冬衣的差事分配给妇女。

③觱发：大风吹物发出的声音。

④栗烈：即凛冽，寒气刺骨。

⑤褐：粗布制的短衣。

⑥于：为。这里指修理。耜：古代翻土农具。

⑦举趾：抬脚下田去耕种。

⑧馌：送饭。南亩：泛指田地。

⑨田畯：农官。

译文

七月火星偏西方，九月叫人缝衣裳。十一月北风呼呼响，十二月寒气刺骨凉。粗布短衣都没有，如何过冬费思量。正月把家具修理好，二月下地种田忙。老婆孩子一起去，吃饭送到地头上。田官来看喜洋洋。

原文

七月流火，九月授衣。春日载阳①，有鸣仓庚②。女执懿筐③，遵彼微行④，爰求柔桑⑤。春日迟迟，采蘩祁祁⑥。女心伤悲，殆及公子同归⑦。

注释

①载：开始。阳：暖和。

②仓庚：黄莺。

③懿筐：深筐。

④遵：沿着。微行：小路。

⑤爰：于是。柔桑：嫩桑叶。

⑥蘩：白蒿。祁祁：很多的样子。

⑦殆：怕。

译　文

七月火星偏西方，九月叫人缝衣裳。春天的太阳暖洋洋，黄莺儿枝头把歌唱。姑娘提着深竹筐，沿着小路采摘忙，专采那些柔嫩桑。春日的白天真是长，采来的蒿叶一筐筐。采蒿姑娘心悲伤，怕那公子把我抢。

原　文

七月流火，八月萑苇①。蚕月条桑②，取彼斧斨③。以伐远扬④，猗彼女桑⑤。七月鸣䴗⑥，八月载绩⑦。载玄载黄，我朱孔阳⑧，为公子裳。

注　释

①萑苇：荻草和芦苇。

②条桑：修剪桑枝。

③斧斨：斧柄为圆孔的叫斧，方孔的叫斨。

④远扬：指过长过高的桑枝。

⑤猗："掎"的借字，拉着。女桑：嫩桑叶。

⑥䴗：伯劳鸟。

⑦载：开始。绩：纺织。

⑧孔阳：鲜明。

译　文

七月火星偏西方，八月打荻割苇忙。养蚕时节修桑树，拿起斧头举高扬。长条高枝修剪光，拉着短枝采嫩桑。七月伯劳把歌唱，八月纺麻织布忙。染上颜色黑或黄，我染红色最鲜亮，为那公子做衣裳。

原 文

四月秀葽①，五月鸣蜩②。八月其获，十月陨蘀③。一之日于貉④，取彼狐狸，为公子裘。二之日其同，载缵武功⑤。言私其豵⑥，献豜于公⑦。

注 释

①秀：长穗或结子。葽：草名，又叫远志，可入药。

②蜩：蝉。

③陨蘀：草木落叶。

④于：去，往。此指去猎取。貉：形似狐狸，俗称狗獾。

⑤缵：继续。武功：田猎之事，有军事演习之意。

⑥豵：小猪。此处泛指小兽。

⑦豜：野猪。此处泛指大兽。

译 文

四月远志结了子，五月知了叫得响。八月庄稼收割忙，十月落叶随风扬。十一月忙着打狗獾，还要剥那狐狸皮，好给公子制冬装。十二月大家齐聚会，继续打猎演练忙。打来小猪自己吃，大猪送到官府上。

原 文

五月斯螽动股①，六月莎鸡振羽②。七月在野，八月在宇，

九月在户，十月蟋蟀入我床下。穹窒熏鼠^③，塞向墐户^④。嗟我
妇子，曰为改岁，入此室处。

注释

①斯螽：蝗虫类鸣虫。动股：两腿相摩擦发声。

②莎鸡：虫名，纺织娘。振羽：振动翅膀发声。

③穹：空隙。窒：堵塞。

④向：北窗。墐：用泥涂抹。

译文

五月蚱蜢弹腿发声响，六月纺织娘振翅把歌唱。七月蟋蟀
野外鸣，八月屋檐底下唱，九月进到屋里面，十月来到床下藏。
熏出老鼠堵鼠洞，塞好泥土封北窗。干完活儿喊妻儿，眼看新
年就要到，我们就住这间房。

原文

六月食郁及薁^①，七月亨葵及菽^②。八月剥枣^③，十月获稻。
为此春酒，以介眉寿^④。七月食瓜，八月断壶^⑤，九月叔苴^⑥。采
荼薪樗^⑦，食我农夫。

注释

①郁：植物名，果实像李子。薁：野葡萄。

②亨："烹"的本字，煮。葵：菜名。菽：豆子。

③剥："扑"的借字，扑打。

④介：通"丐"，祈求。眉寿：长寿。

⑤断壶：摘下葫芦。

⑥叔：拾取。苴：麻子。

⑦荼：苦菜。薪樗：把樗当柴烧。樗，臭椿树。

译 文

　　六月吃李子和葡萄，七月煮葵菜和大豆。八月树下把枣打，十月场上把稻扬。酿成春酒扑鼻香，祈求大家寿且康。七月吃瓜甜如蜜，八月葫芦摘下秧，九月麻子好收藏。准备好野菜和柴草。农夫靠这度时光。

原 文

　　九月筑场圃①，十月纳禾稼。黍稷重穋②，禾麻菽麦。嗟我农夫，我稼既同③，上人执宫功④。昼尔于茅⑤，宵尔索绹⑥。亟其乘屋⑦，其始播百谷。

注 释

　　①筑场圃：把菜园改建成打谷场。过去农民一地两用，春为菜园，秋为打谷场。

　　②重穋：即"穜穋"，两种谷类，穜早种晚熟；穋晚种早熟。

　　③同：集中，收齐。

　　④上：通"尚"，还要。执：执行，指服役。宫功：室内的事，指统治者家内的活计。

　　⑤于茅：去割茅草。

　　⑥索绹：搓绳子。

⑦亟：急，赶快。
乘屋：登上屋顶修缮。

译文

九月建好打谷场，
十月粮食进谷仓。黍子
谷子和高粱，还有小米
豆麦各种粮。叹我农夫
苦命汉，地里农活刚刚
完，又到官府把活干。白天野外割茅草，夜里搓绳到天晓。赶
忙把屋修理好，播种时节又来到。

原 文

二之日凿冰冲冲①，三之日纳于凌阴②。四之日其蚤③，献
羔祭韭。九月肃霜，十月涤场。朋酒斯飨④，曰杀羔羊。跻彼公
堂⑤，称彼兕觥⑥，万寿无疆！

注 释

①冲冲：凿冰声。

②凌阴：冰窖。

③蚤：通"早"，古代的一种祭祖仪式。

④朋酒：两杯酒。飨：乡人相聚宴饮。

⑤跻：登上。

⑥称：举杯敬酒。兕觥：古代一种用犀牛角制成的大酒杯。

译 文

二月凿冰冲冲响，三月送往冰窖藏。四月举行祭祖礼，献上韭菜和羔羊。九月天高气又爽，十月清扫打谷场。捧上两樽甜米酒，杀些大羊和小羊。登上台阶进高堂，牛角杯儿举头上，齐声同祝"万寿无疆"。

鸱 鸮

原 文

鸱鸮鸱鸮①，既取我子，无毁我室②。恩斯勤斯③，鬻子之闵斯④。

注 释

①鸱鸮：猫头鹰，一种猛禽，昼伏夜出，捕食兔、鼠、小鸟等。

②室：鸟窝。

③恩：《鲁诗》作"殷"，"恩"与"殷"意同，"殷"、"勤"在这里有尽心、勤苦之意。斯：语助词。

④鬻：通"育"，养育。闵：忧苦。此句意为因抚育小鸟而忧心。

译 文

猫头鹰啊猫头鹰，你已抓走我小鸟，不要再毁我的巢。辛辛苦苦来抚育，为了儿女我心焦。

原文

迨天之未阴雨①，彻彼桑土②，绸缪牖户③。今女下民④，或敢侮予？

注释

①迨：趁着。

②彻：取。土：《韩诗》作"杜"。桑杜即桑根。

③绸缪：缠绵，缠绕。这里有修补之意。牖户：窗和门。这里代指鸟窝。

④下民：指鸟巢下的人。

译文

趁着天晴没下雨，赶快剥点桑根皮，修好窗子补好门。现在你们下人，谁还敢来把我欺凌。

原文

予手拮据①，予所捋荼②。予所蓄租③，予口卒瘏④，曰予未有室家。

注释

①手：指鸟的爪子。拮据：爪子因劳累伸展不灵活。

②捋：用手自上而下勒取。荼：苦菜。

③蓄：积蓄。租：指鸟食。

④瘏：病。

译 文

我手累得已痉挛，采来野草把窝垫。我还贮存过冬粮，嘴巴累得满是伤，窝儿还是不安全。

原 文

予羽谯谯①，予尾翛翛②。予室翘翘③，风雨所漂摇④，予维音哓哓⑤！

注 释

①谯谯：羽毛枯黄无光泽。

②翛翛：羽毛稀疏的样子。

③翘翘：高而危险的样子。

④漂摇：同"飘摇"，晃动，摇动。

⑤哓哓：鸟的惊叫声。

译 文

我的羽毛像枯草，我的尾巴毛稀少。我的巢儿险而高，风雨之中晃又摇，吓得只能尖声叫。

东 山

原 文

我徂东山①，慆慆不归②。我来自东，零雨其濛③。我东曰归，我心西悲④。制彼裳衣，勿士行枚⑤。蜎蜎者蠋⑥，烝在桑野⑦。敦彼独宿⑧，亦在车下。

注 释

①徂：去，往。东山：诗中指出征者服役的地方。

②慆慆：长久。

③零雨：细雨。其濛：濛濛。

④西悲：因想念西方的故乡而悲伤。

⑤勿士：不要从事。士，通"事"，二字古通用。行枚：即衔枚，古代军人行军时口衔一根短木棍以防出声。这里代指行军打仗。

⑥蜎蜎：虫蠕动的样子。蠋：野蚕。

⑦烝：乃。桑野：生长桑树的郊野。

⑧敦彼：即敦敦，身体蜷缩成团。

译 文

我到东山去打仗，长期不能回故乡。今日我从东方回，濛濛细雨洒身上。我刚听说要回乡，西望家乡心悲伤。穿上一身百姓装，不再行军上战场。山蚕缓缓往前爬，野外桑树是它家。我把身体缩成团，睡在野外战车下。

原 文

我徂东山，慆慆不归。我来自东，零雨其濛。果赢之实①，亦施于宇②。伊威在室③，蟏蛸在户④。町畽鹿场⑤，熠耀宵行⑥。不可畏也，伊可怀也⑦。

注释

①果蠃：瓜蒌，蔓生葫芦科植物。

②施：漫延。

③伊威：虫名，也叫地鳖虫，生长在阴暗潮湿处。

④蟏蛸：虫名，也叫喜蛛。

⑤町疃：田舍旁有禽兽践踏痕迹的空地。鹿场：野兽活动的地方。

⑥熠耀：闪光的样子。宵行：虫名，也叫萤火虫。

⑦伊：指示代词，指荒芜了的家园。

译文

我到东山去打仗，长期不能回故乡。今日我从东方回，濛濛细雨洒身上。小小瓜蒌一串串，藤蔓长长挂房檐。屋内潮湿地鳖跑，门窗结满蜘蛛网。田地成了野鹿场，夜间萤火闪亮光。家园荒凉不可怕，仍是心中好地方。

原文

我徂东山，慆慆不归。我来自东，零雨其濛。仓庚于飞①，熠耀其羽。之子于归②，皇驳其马③。亲结其缡④，九十其仪⑤。其新孔嘉⑥，其旧如之何⑦？

注释

①仓庚：鸟名，即黄莺。

②之子：姑娘，指新婚时的妻子。归：出嫁。

③皇：黄白色。驳：红白色。

④缡：女子出嫁时系的佩巾。

⑤九十：形容婚礼仪式繁多，非确数。

⑥新：指新婚时。孔嘉：非常美丽。

⑦旧：久。这里指久别之后。

译文

我到东山去打仗，长期不能回故乡。今日我从东方回，濛濛细雨洒身上。黄莺翩翩空中飞翔，羽毛闪闪发亮光。想她当初做新娘，迎亲骏马色红黄。她娘为她系佩巾，种种仪式求吉祥。新婚时节真美丽，现在重逢会怎样？

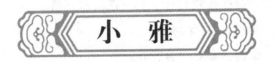

鹿　鸣

　　呦呦鹿鸣^①，食野之苹。我有嘉宾，鼓瑟吹笙。吹笙鼓簧，承筐是将^②。人之好我，示我周行^③。

注　释

　　①呦呦：鹿鸣叫的声音。

　　②承：双手捧着。将：送。

　　③示：告诉。周行：大路。此处指处事应遵循的正确道理。

译　文

　　鹿儿呦呦不停叫，呼唤同伴吃苹草。我有嘉宾满客厅，为他鼓瑟又吹笙。为他吹笙又鼓簧，捧上礼物满竹筐。各位宾朋都爱我，讲明道理指明方向。

原　文

　　呦呦鹿鸣，食野之蒿。我有嘉宾，德音孔昭^①。视民不恌^②，君子是则是效^③。我有旨酒^④，嘉宾式燕以敖^⑤。

注 释

①德音：符合道理的话。孔：很。昭：明。

②视：同"示"。不轻薄。

③则：法则，榜样。效：仿效。

④旨酒：甜美的酒。

⑤燕：安。敖：舒畅快乐。

译 文

鹿儿呦呦不停叫，呼唤同伴吃蒿草。我有嘉宾满客厅，谈吐高雅道理明。示人宽厚不轻薄，君子学习好楷模。我有美酒献宾朋，嘉宾畅饮乐陶陶。

原 文

呦呦鹿鸣，食野之芩。我有嘉宾，鼓瑟鼓琴。鼓瑟鼓琴，和乐且湛①。我有旨酒，以燕乐嘉宾之心。

注 释

①湛："媅"的借字，非常快乐。

译 文

鹿儿呦呦叫不停，呼唤同伴吃野芩。我有嘉宾满客厅，为他鼓瑟又弹琴。琴瑟合奏声优美，人人沉浸欢乐中。我有美酒献宾朋，快乐永驻客心中。

常 棣

原 文

常棣之华①，鄂不韡韡②。凡今之人，莫如兄弟。

注 释

①常棣：木名，一作"棠棣"，又名郁李。

②鄂：通"萼"，即花萼。不：花托。韡韡：鲜明的样子。

译 文

棠棣之花真鲜艳，花萼花蒂紧相连。你看如今世上人，没人能比兄弟亲。

原 文

死丧之威①，兄弟孔怀②。原隰裒矣③，兄弟求矣。

注 释

①威：通"畏"。

②孔：甚。怀：思念。

③原：高平之地。隰：低湿之地。裒：聚集。

译 文

生老病死最可怕，只有兄弟最关心。聚土成坟在荒原，只有兄弟来相寻。

原文

脊令在原①，兄弟急难。每有良朋②，况也永叹③。

注释

①脊令：鸟名，即鹡鸰，亦名雝渠。《郑笺》："雝渠，水鸟。而今在原，失其常处，则飞则鸣求其类，天性也。犹兄弟之于急难。"原，平原。

②每：虽。

③况：增加之意。永：长。

译文

鹡鸰飞落在高原，兄弟急着来救难。虽然有些好朋友，你遭难时只长叹。

原文

兄弟阋于墙①，外御其务②。每有良朋，烝也无戎③。

注释

①阋：争斗。墙：墙内，家庭之内。

②外：墙外。务：通"侮"。

③烝：久，长久。一说为发语词。戎：帮助。

译文

兄弟在家虽争吵，外侮面前定携手。虽然也有好朋友，时间久了也难助。

原文

丧乱既平，既安且宁。虽有兄弟，不如友生①。

注释

①友生：朋友。生，语助词。

译文

丧乱之事既平定，日子平安又宁静。这时虽有亲兄弟，朋友表现更热情。

原文

傧尔笾豆①，饮酒之饫②。兄弟既具③，和乐且孺④。

注释

①傧：陈列。笾：竹制器具，用来盛水果、干肉等。豆：木制盛肉器。

②饫：酒足饭饱。

③具：通"俱"，到齐。

④孺：相亲。

译文

杯子盘子摆上来，又是饮酒又吃菜。兄弟团聚在一起，和和乐乐多亲爱。

原 文

妻子好合，如鼓瑟琴。兄弟既翕①，和乐且湛②。

注 释

①翕：合，聚合。

②湛：喜乐。

译 文

夫唱妇随妻子好，琴瑟合鸣同到老。兄弟感情也融洽，全家聚合乐陶陶。

原 文

宜尔室家①，乐尔妻帑②。是究是图③，亶其然乎④？

注 释

①宜：安。

②帑：通"孥"，儿女。

③究：深思。图：考虑。

④亶：确实。然：这样。

译 文

家庭和乐多兴旺，妻子儿女喜洋洋。精打细算多商量，道理确实是这样。

伐 木

原文

伐木丁丁，鸟鸣嘤嘤。出自幽谷，迁于乔木。嘤其鸣矣，
求其友声①。相彼鸟矣，犹求友声。矧伊人矣②，不求友生③？神
之听之，终和且平④。

注释

①友声：同类的声音。

②矧：况且。伊人：是人，这人。

③友生：朋友。

④终：既。

译文

伐木之声叮叮响，群鸟鸣叫声嘤嘤。鸟儿来自深山谷，飞
来落在高树丛。鸟儿嘤嘤鸣不停，为了寻求友与朋。看它只是
一群鸟，还有嘤嘤求友声。何况我们是人类，哪能无友度一生？
神灵听到我的话，也给人类降和平。

原文

伐木许许，酾酒有藇①！既有肥羜②，以速诸父③。宁适不
来④，微我弗顾⑤。於粲洒扫⑥，陈馈八簋⑦。既有肥牡，以速诸
舅⑧。宁适不来，微我有咎⑨。

注释

①酾酒：滤酒。有薁：形容酒美。

②羜：羊羔。

③速：召，请。诸父：同姓长辈。

④宁：宁可。适：凑巧。

⑤微：非。顾：念。

⑥於：叹美词。粲：鲜明洁净。

⑦馈：食物。簋：盛食品的器具。

⑧诸舅：指异姓长辈。

⑨咎：过错。

译文

锯木之声呼呼响，新酿美酒醇又香。烧好肥嫩小羔羊，快请叔伯尝一尝。宁可有事他不来，非我礼节不周详。屋内洁净又清爽，八盘美食摆席上。既有肥嫩小羔羊，快请长辈来尝尝。宁可有事他不来，不叫别人说短长。

原文

伐木于阪①，酾酒有衍②。笾豆有践③，兄弟无远④。民之失德，干糇以愆⑤。有酒湑我⑥，无酒酤我⑦。坎坎鼓我，蹲蹲舞我⑧。迨我暇矣⑨，饮此湑矣。

注释

①阪：斜坡。

②有衍：即衍衍，盛满的样子。

114

③笾豆：笾和豆是古代盛食物的两种容器。践：陈列。

④无远：不要疏远，别见外。

⑤干馂：干粮。此处指粗劣食物。愆：过错。

⑥湑：滤酒。

⑦酤：买酒。

⑧蹲蹲：当作"墫墫"，跳舞的样子。

⑨迨：趁着。

译 文

伐木来到山坡上，酒杯斟满往外淌。盘儿碗儿端上桌，兄弟相亲莫相忘。人们为啥失情谊，多因招待不周详。家中有酒拿出来，没酒赶快出去买。鼓儿敲得咚咚响，翩翩起舞袖高扬。乘我今天有空暇，饮此美酒心欢畅。

白 驹

原 文

皎皎白驹①，食我场苗②。絷之维之③，以永今朝④。所谓伊人⑤，于焉逍遥⑥。

注释

①皎皎：洁白的样子。

②场：菜园。

③絷：用绳绊住马脚。维：拴住马缰绳。

④永：延长。今朝：今天。

⑤伊人：这人。这里指作者的朋友。

⑥于焉：在这里。

译文

光亮皎洁小白马，吃我园中嫩豆苗。拴好缰绳绊住脚，就在我家过今朝。所说那位好朋友，请在这儿尽逍遥。

原文

皎皎白驹，食我场藿①。絷之维之，以永今夕。所谓伊人，于焉嘉客？

注释

①藿：豆叶。

译文

光亮皎洁小白马，吃我园中嫩豆叶。拴好缰绳绊住脚，就在我家度今宵。所说那位好朋友，在此做客乐陶陶。

原文

皎皎白驹，贲然来思①。尔公尔侯，逸豫无期②。慎尔优游③，勉尔遁思④。

小
雅

①贲然：马快跑的样子。贲，通"奔"。思：语助词。

②逸豫：安逸享乐。

③慎：谨慎。优游：悠闲自得。

④勉：劝。遁：逃避。

译 文

光亮皎洁小白马，快速来到我的家。为公为侯多高贵，安逸享乐莫想家。悠闲自在别过分，不要避世图闲暇。

原 文

皎皎白驹，在彼空谷。生刍一束①，其人如玉。毋金玉尔音②，而有遐心③。

注 释

①生刍：喂牲畜的青草。

②金玉：作动词用，宝贵、爱惜的意思。

③遐心：疏远我的心。

译 文

光亮皎洁小白马，空旷山谷自为家。一束青草作饲料，那人如玉美无瑕。走后别忘把信捎，有意疏远非知音。

无 羊

谁谓尔无羊？三百维群[1]。谁谓尔无牛？九十其犉[2]。尔羊来思，其角濈濈[3]。尔牛来思，其耳湿湿[4]。

①三百：不是确指，言羊之多。维：为。

②犉：黄毛黑唇的大牛。

③濈濈：众多聚集。

④湿湿：牛反刍时耳动的样子。

谁说你们没有羊，三百一群遍山冈。谁说你们没有牛，大牛就有九十头。羊群山坡走下来，尖角弯角紧紧挨。牛群山坡走下来，双耳轻轻在摇摆。

或降于阿[1]，或饮于池，或寝或讹[2]。尔牧来思[3]，何蓑何笠[4]，或负其餱[5]。三十维物[6]，尔牲则具[7]。

①阿：小山坡。

②讹：动。

③牧：指牧人。

④何：同"荷"，披，戴。

⑤餱：干粮。

⑥物：指牛羊毛色。

⑦牲：指供祭祀和食用的牛羊。具：齐备。

译 文

有的牛羊下了坡，有的池边把水喝，有的走动有的卧。牧人也已归来了，戴着斗笠披着蓑，干粮袋儿也背着。牛羊毛色几十种，祭牲齐备品种多。

原 文

尔牧来思，以薪以蒸①，以雌以雄。尔羊来思，矜矜兢兢②，不骞不崩③。麾之以肱④，毕来既升⑤。

注 释

①薪：粗柴枝。蒸：细柴枝。

②矜矜：坚强。兢兢：小心谨慎。余冠英先生解释为"谨慎坚持，唯恐失群的样子"，较为确切。

③骞：亏损。崩：溃散。

④麾：挥动。肱：手臂。

⑤既：完全。升：进入羊圈。

译 文

牧人也已归来了，拣来树枝做柴草，打来雌鸟和雄鸟。羊群也已归来了，挨挨挤挤相依靠，不奔不散未减少。牧人手臂挥一挥，牛羊进圈不再跑。

原　文

牧人乃梦，众维鱼矣①，旐维旟矣②。大人占之②：众维鱼矣，实维丰年；旐维旟矣，室家溱溱④。

注　释

①众："螽"的假借字，指蝗虫。一说指众多。

②旐：画有龟蛇的旗。一说通"兆"，亦众多之意。旟：画有鹰隼的旗。

③大人：占梦的人。

④溱溱：旺盛的样子。

译　文

牧人做梦真希奇，梦见蝗虫变成鱼，龟蛇旗变鹰隼旗。占梦先生来推断：梦见蝗虫变成鱼，预兆丰年庆有余；龟蛇旗变鹰隼旗，人丁兴旺更可喜。

节南山

原　文

节彼南山①，维石岩岩②。赫赫师尹③，民具尔瞻④。忧心如

120

恢⑤，不敢戏谈⑥。国既卒斩⑦，何用不监⑧！

注　释

①节彼：即节节，高峻的样子。南山：终南山，在今陕西西安南。

②岩岩：山石堆积的样子。

③赫赫：权势显赫。师尹：太师尹氏。

④具：通"俱"，都。尔瞻：即"瞻尔"，看着你。

⑤恢：火烧。

⑥戏谈：随便谈论。

⑦卒：尽，完全。斩：断绝。

⑧监：察看。

译　文

高耸峻峭终南山，层岩累累陡又险。赫赫有名尹太师，民众都在把你看。满心忧愤如火烧，不敢议论不敢聊。国家已经颓亡了，为何还不睁眼瞧！

原　文

节彼南山，有实其猗①。赫赫师尹，不平谓何。天方荐瘥②，丧乱弘多。民言无嘉，僭莫惩嗟③。

注　释

①有实：即实实，广大的样子。猗：通"阿"，指山坡。

②荐：屡次。瘥：瘟疫疾病。这里引申为灾难。

121

③憯：曾，还。惩：惩戒，警戒。嗟：语尾助词。

译 文

高耸峻峭终南山，山上斜坡广又宽。赫赫有名尹太师，办事不公为哪端。上天不断降灾难，国家动乱百姓亡。民怨沸腾无好话，还不扪心自思量。

原 文

尹氏大师，维周之氐①；秉国之均②，四方是维③。天子是毗④，俾民不迷⑤。不吊昊天，不宜空我师⑥。

注 释

①氐：通"柢"，根本。

②均：同"钧"，本义指制陶器的转盘，这里代指国家政权。

③四方：全国。维：维系。

④毗：辅佐。

⑤俾：使。

⑥空：穷困。师：民众。

译 文

尹太师啊尹太师，你是国家的柱石。国家权力手中握，天下太平你维持。天子靠你来辅佐，人民靠你解迷惑。可叹上天太不公，百姓不该受穷困。

原 文

弗躬弗亲①，庶民弗信。弗问弗仕②，勿罔君子③。式夷式已④，无小人殆⑤。琐琐姻亚⑥，则无膴仕⑦。

注释

①弗：不。躬：亲自。

②问：体恤，安抚。仕：事。此指不任用人办事。

③罔：欺罔。

④式：语助词。夷：平，平除。已：止。

⑤殆：危险。

⑥琐琐：渺小浅薄的样子。姻：姻亲，指儿女亲家。亚：连襟。以上泛指亲戚。

⑦膴仕：高官厚禄。

译文

从不亲身理朝政，民众对你不信任。不举贤才不任用，欺上罔下怎能行。赶快把心放平正，不把小人来任用。亲戚浅薄无才能，委以重任理难通。

原文

昊天不佣①，降此鞠讻②。昊天不惠③，降此大戾。君子如届④，俾民心阕⑤。君子如夷，恶怒是违⑥。

注释

①佣：均，平。

②鞠讻：极大的祸乱。

③惠：仁爱，和顺。

④届：至，指出来掌握。

⑤阕：平息。

⑥违：消除。

译文

老天爷呀太不公，降此大难害百姓。老天爷呀太不仁，降此大难害我民。如果好人能执政，会使民众心安定。如果处理能公平，百姓怨怒会消除。

原文

不吊昊天，乱靡有定。式月斯生①，俾民不宁。忧心如酲②，谁秉国成③？不自为政，卒劳百姓④。

注释

①式：语助词。月：岁月。斯：是，这，指祸乱。

②酲：酒醉不醒。

③国成：平治国政。

④卒："瘁"的借字，劳苦。

译文

可叹上天太不公，祸乱相继不曾停。年年月月都发生，百姓生活不安宁。心忧如同得酒病，谁掌政权国兴盛？君王如不亲临政，最终苦了老百姓。

原文

驾彼四牡，四牡项领①。我瞻四方，蹙蹙靡所骋②。

注释

①项领：脖颈肥大。

②蹙蹙：局促不安的样子。

译文

驾起四匹大公马，马儿壮实颈肥大。我向四方望一望，不知驰骋向何方。

原文

方茂尔恶①，相尔矛矣。既夷既怿②，如相酬矣③。

注释

①方：正。茂：盛。尔：指尹氏。

②怿：悦，愉快。

③酬：报，指以酒相敬。

译文

当你气势汹汹时，看着长矛露凶相。一会儿又笑驻颜开，举杯相酬心欢畅。

原文

昊天不平，我王不宁。不惩其心，覆怨其正①。

注释

①覆：反。正：劝谏的正确话。

译文

老天你真不公平，害得我王不安宁。太师不改邪恶心，反而怨恨劝谏臣。

原文

家父作诵①，以究王讻②。式讹尔心③，以畜万邦④。

注释

①家父：诗人自称。一说是位大夫，食采于家（地名），父为名字。诵：讽诵，指作诗。

②究：追究。王讻：王朝祸乱的根源。

③讹：化，改变。尔：指周王。

④畜：安抚，养育。

译文

家父作诗来讽诵，追究乱国之元凶。但愿君王心意转，万民安康享太平。

巷伯

原文

萋兮斐兮①，成是贝锦②。彼谮人者③，亦已大甚④！

注 释

①萋、斐：花纹交错的样子。

②贝锦：贝壳花纹的锦缎。

③谮人：诬陷别人的人。

④大：同"太"。

译 文

各种花纹多鲜明，织成多彩贝纹锦。那个造谣害人者，心肠实在太凶狠。

原 文

哆兮侈兮①，成是南箕②。彼谮人者，谁适与谋③？

注 释

①哆：张口的样子。侈：大。

②南箕：南方天空的箕星。古人认为箕星出现要有口舌是非，以此比喻进谗言的人。

③适：往。谋：谋划，计议。

译 文

裂开嘴如簸箕大，如同箕星南天挂。那个造谣害人者，是谁让他做谋划？

原 文

缉缉翩翩①，谋欲谮人。慎尔言也②，谓尔不信③。

注　释

①缉缉：附耳私语。翩翩：花言巧语。

②尔：指谗人。

③信：信实。

译　文

花言巧语叽叽呱，心想害人说谎话。劝你说话要当心，否则没人再相信。

原　文

捷捷幡幡①，谋欲谮言。岂不尔受②？既其女迁③。

注　释

①捷捷：巧言的样子。幡幡：犹"翩翩"。

②受：接受，听信谗言。

③女：通"汝"，你。迁：转移。指听者转而憎恨造谣者。

译　文

花言巧语信口编，想方设法造谣言。也许一时受你骗，终会恨你太阴险。

原　文

骄人好好①，劳人草草②。苍天苍天，视彼骄人，矜此劳人③。

注　释

①骄人：指得志的谗人。好好：得意的样子。

②劳人：失意的人。这里指被谗者。草草：忧愁的样子。

③矜：怜悯。

译 文

进谗者得意忘形，被谗者心灰意冷。老天爷啊把眼睁，看那谗人多骄横，多多怜悯被谗人。

原 文

彼谮人者，谁适与谋？取彼谮人，投畀豺虎①。豺虎不食，投畀有北②。有北不受，投畀有昊③！

注 释

①投：投掷，丢给。畀：给予。

②有北：北方荒凉寒冷之地。

③有昊：昊天。

译 文

那个造谣生事人，是谁为他出计谋？抓住这个坏家伙，丢到野外喂豺虎。豺虎嫌他不愿吃，扔到北方不毛地。北方如果不接受，送给老天去发落。

原 文

杨园之道①，猗于亩丘②。寺人孟子③，作为此诗。凡百君子④，敬而听之。

注 释

①杨园：园名。

②猗：通"倚"，依，靠着。亩丘：丘名。

③寺人：奄人，如后来的宦官。孟子：寺人的名字，即诗的作者。

④凡百：一切，所有的。

译 文

一条大路通杨园，杨园紧靠亩丘边。我是阉人叫孟子，是我写作此诗篇。诸位大人君子们，请您认真听我言。

隰 桑

原 文

隰桑有阿①，其叶有难②。既见君子③，其乐如何。

注 释

①隰桑：长在低洼地里的桑树。阿：通"婀"，柔美的样子。

②难：茂盛的样子。

③君子：指丈夫。

译 文

洼地桑树多婀娜，叶子繁茂又润泽。见到我的丈夫回，心中快乐难述说。

原 文

隰桑有阿，其叶有沃①。既见君子，云何不乐。

注 释

①沃：肥厚润泽。

译 文

洼地桑树多婀娜，叶子丰厚又润泽。见到我的丈夫回，怎能心里不快活。

原 文

隰桑有阿，其叶有幽①。既见君子，德音孔胶②。

注 释

①幽：青黑色。这里指叶子深绿的样子。

②德音：美好的声音。孔胶：很牢固。

译 文

洼地桑树多婀娜，叶子碧绿密又多。见到我的丈夫回，知心话儿难说尽。

原 文

心乎爱矣，遐不谓矣①？中心藏之②，何日忘之！

注 释

①遐不：何不。谓：说。

②中心：心中。

译 文

爱你爱在内心窝，何不明白对你说？思念之情藏心中，哪有一日忘记过！

大 雅

文 王

原 文

文王在上①，於昭于天②。周虽旧邦③，其命维新④。有周不显⑤，帝命不时⑥。文王陟降⑦，在帝左右。

注 释

①文王：指周文王，名姬昌。

②於：赞叹声。昭：光明。

③旧邦：旧方国。周文王的祖父古公亶父建国，所以称旧邦。

④命：指天命。维：是。

⑤有：词头，无义。不：通"丕"，大。下句"不时"同此。显：明。

⑥帝：上帝。时：善美。

⑦陟：升。降：下。

译 文

文王之灵在上方，在那天上放光芒。

周朝虽然是旧邦，国运出现新气象。周朝前途真辉煌，上天意志不可挡。文王神灵升与降，无时不在天帝旁。

周朝虽然是旧邦，国运出现新气象。周朝前途真辉煌，上天意志不可挡。文王神灵升与降，无时不在天帝旁。

大
雅

原 文

亹亹文王①，令闻不已②。陈锡哉周③，侯文王孙子④。文王孙子，本支百世⑤，凡周之士⑥，不显亦世⑦。

注 释

①亹亹：勤勉的样子。

②令闻：好声誉。

③陈：读为"申"，一再，重复。锡：同"赐"，赐予。哉：读为"兹"，此。

④侯：使之为侯。作动词用。

⑤本支：树木的根和枝。引申为本宗和枝属旁系。

⑥士：指周朝的百官大臣。

⑦亦世：同"奕世"，累世。

译 文

亶辛勤勉助周文王，美好声誉传得广。上帝令他兴周朝，子孙后代为侯王。文王子孙多兴旺，本宗旁支百世昌。凡在周朝为臣子，世代显贵又荣光。

原 文

世之不显，厥犹翼翼①。思皇多士②，生此王国。王国克生③，维周之桢④；济济多士⑤，文王以宁。

133

注 释

①厥：其。犹：计谋。翼翼：思虑深远。

②思：发语词。皇：美好。

③克：能。

④维：是。桢：支柱，骨干。

⑤济济：多而整齐的样子。

译 文

世代显贵又荣光，为国谋划真周详。英才贤士真正多，有幸出生在周邦。周邦能出众贤士，都是国家的栋梁。人才济济聚一堂，文王以此来安邦。

原 文

穆穆文王①，於缉熙敬止②。假哉天命③，有商孙子。商之孙子，其丽不亿④。上帝既命，侯于周服⑤。

注 释

①穆穆：仪表美好，容止端庄恭敬。

②於：感叹词。缉熙：奋发前进。敬：谨慎负责。止：语气词。

③假：大。

④丽：数目。不亿：不止一亿。古时以十万为亿。

⑤侯于周服：即"侯服于周"。侯，乃，就。服，臣服。

译 文

严肃恭敬周文王，正大光明又端庄。天帝之命真伟大，殷商子孙归周邦。殷商子孙多又多，何止亿万难估量。上帝既已有命令，他们臣服于周邦。

原文

侯服于周，天命靡常①。殷士肤敏②，裸将于京③。厥作裸将，常服黼冔④。王之荩臣⑤，无念尔祖⑥。

注释

①靡常：无常。

②殷士：指殷商后人。肤：壮美。敏：敏捷。

③裸：一种祭祀仪式。也称灌祭。将：举行。京：周朝京师。

④常：通"尚"，还是。服：穿戴。黼：古代贵族穿的绣有黑白相间花纹的礼服。冔：殷商贵族戴的礼帽。

⑤王：指成王。荩臣：进用之臣。

⑥无：语助词，无义。

译文

殷商臣服归周邦，可见天命不恒常。殷臣壮美又敏捷，来京助祭周廷上。他们就在灌祭时，穿戴还是殷服装。周王任用诸臣下，牢记祖德不能忘。

原文

无念尔祖，聿修厥德①。永言配命②，自求多福。殷之未丧师③，克配上帝。宜鉴于殷④，骏命不易⑤。

①聿：惟。

②配命：合乎天命。

③师：众人。

④鉴：镜子。这里为借鉴。

⑤骏：大。

译 文

牢记祖德不能忘，继承其德又发扬。顺应天命不违背，自求多福多吉祥。殷商未失民心时，能应天命把国享。借鉴殷商兴亡事，国运不易永盛昌。

原 文

命之不易，无遏尔躬①。宣昭义问②，有虞殷自天③。上天之载④，无声无臭⑤。仪刑文王⑥，万邦作孚⑦。

注 释

①遏：停止，断绝。

②宣昭：宣明。义：善。问：通"闻"，声誉。

③有：又。虞：度，鉴戒。

④载：事。

⑤臭：气味。

⑥仪刑：效法。

⑦作：则，信。孚：信。

译文

国运不易永盛昌，不要断送你手上。宣扬美善好名声，殷商前鉴是天降。上天之事天知道，无声无闻难预料。只要敬法周文王，天下万邦皆敬仰。

大 明

原文

明明在下①，赫赫在上②。天难忱斯③，不易维王④。天位殷适⑤，使不挟四方⑥。

注释

①明明：光明的样子，意指君王的德政。

②赫赫：显耀的样子，意指天命。

③忱：相信。

④易：轻率怠慢。

⑤殷适：殷的嫡嗣，即殷纣王。适，同"嫡"。

⑥使：此字上省略了主语"天"。挟：据有。

译 文

明明君德施天下，赫赫天命在上方。天命不变难相信，君王不能轻易当。王位本属殷纣王，却又让他失天下。

原 文

挚仲氏任①，自彼殷商，来嫁于周，曰嫔于京②。乃及王季③，维德之行④。

注 释

①挚：殷的一个属国名。仲氏：次女。任：姓。

②嫔：嫁。京：指周的京师。

③王季：太王古公亶父之子，文王的父亲。

④行：实行。

译 文

挚国任氏二姑娘，来自大国叫殷商，出嫁到我周国来，京都成婚做新娘。她与王季结成双，品德高尚美名扬。

原 文

大任有身①，生此文王。维此文王，小心翼翼。昭事上帝②，聿怀多福③。厥德不回④，以受方国⑤。

注 释

①有身：怀孕。

②昭：明。事：侍奉。

③聿：同"曰"，语助词。怀：来。

④厥：其，他的。回：邪，违背正道。

⑤方国：方百里之国。一说四方归附之国。

译文

婚后怀孕喜成双，生下贤儿周文王。就是这个周文王，小心谨慎图国强。一片诚心侍上帝，带来福事一桩桩。他的品德很高尚，四方归附民所望。

原文

天监在下①，有命既集②。文王初载③，天作之合④。在洽之阳，在渭之涘。文王嘉止⑤，大邦有子。

注释

①监：视。

②有命：指天命。集：归。

③初载：初年。

④合：匹配。

⑤嘉止：美之，以之为美。止，同"之"，指太任。

译文

上天明察眼光亮，天命归于周文王。文王即位之初年，上天撮合配新娘。新娘家在洽水北，就在渭水河岸旁。文王爱慕新嫁娘，赞美大国好姑娘。

少年读诗经

原文

大邦有子，伣天之妹①。文定厥祥②，亲迎于渭。造舟为梁，不显其光③。

注释

①伣：如同，好比。

②文：礼。指聘礼。定：定婚。祥：吉。

③不：通"丕"，大。

译文

大国这位好姑娘，好比天仙一个样。下了聘礼定了婚，文王亲迎渭水旁。大船相连当桥梁，大显光彩美名扬。

原文

有命自天，命此文王，于周于京。缵女维莘①，长子维行②，笃生武王③。保右命尔，燮伐大商④。

注释

①缵："嬻"的假借字，好。莘：古国名。

②行：出嫁。

③笃：厚。指天降厚恩。

④燮：联合，协合。

译文

上天来把天命降，命令这位周文王，在那周京建家邦。莘

国有位好姑娘，长女大姒嫁文王，天降厚恩生武王。命你保佑

周武王，联合诸侯伐殷商。

原　文

殷商之旅，其会如林。矢于牧野①："维予侯兴②，上帝临女，无贰尔心！"

注　释

①矢：发誓。这里可理解为誓师。牧野：古地名，在今河南汲县北。

②维：语助词，有"只"的意思。侯：乃。兴：强盛。

译　文

殷商纠集大部队，士兵多如密林样。武王誓师在牧野："惟我周军最盛强，上帝在天看着你，休怀二心争荣光！"

原　文

牧野洋洋①，檀车煌煌，驷騵彭彭②。维师尚父，时维鹰扬③。凉彼武王④，肆伐大商，会朝清明⑤。

注　释

①洋洋：宽广辽阔的样子。

②驷騵：四匹驾车的战马。騵，赤毛白腹的马。彭彭：健壮的样子。

③鹰扬：像雄鹰展翅飞翔。

④凉：《韩诗》作"亮"，辅佐的意思。

141

⑤会朝：会战的早晨。清明：战争结束天下太平。

译文

广阔牧野是战场，檀木战车闪亮亮，四马驾车真雄壮。参谋指挥师尚父，如同雄鹰在飞扬。辅佐武王打胜仗，穷追猛打伐殷商，清明世界一朝创。

生　民

原文

厥初生民①？时维姜嫄②。生民如何？克禋克祀③，以弗无子④。履帝武敏歆⑤，攸介攸止⑥。载震载夙⑦，载生载育，时维后稷⑧。

注释

①厥初：当初。

②时：是，这。维：是。姜嫄：也作姜原，传说为周人的女始祖，后稷的母亲。

③克：能够。禋：古代祭祀上帝的礼仪。

④弗：祛去灾难的祭祀。弗为"祓"的假借字。

⑤履：践踏。帝：上帝。武：足迹。敏：大脚趾。歆：欢喜。

⑥攸：语助词。介：休息。止：止息。

⑦载：加强语气的助词。震：怀孕。夙：严肃。

⑧后稷：周人始祖，后稷为官名。

译 文

周族祖先是谁生？她的名字叫姜嫄。周族祖先怎降生？祈祷上苍祭神灵，乞求生子有继承。踩帝足迹怀了孕，注意休息善调养。十月怀胎行端庄，生下儿子养育忙，儿子就是后稷王。

原 文

诞弥厥月①，先生如达②。不坼不副③，无菑无害④，以赫厥灵⑤。上帝不宁⑥，不康禋祀⑦，居然生子⑧。

注 释

①诞：发语词。弥：满。此指怀孕足月。

②先生：初生。达：通"羍"，初生的小羊。一说顺利，顺畅。

③坼：裂开。副：破裂。

④菑：同"灾"。

⑤赫：显示。灵：灵异。

⑥宁：安。

⑦康：安。

⑧居然：徒然。

译 文

怀胎足月孕期满，生下是个肉蛋蛋。既没开裂也没破，无灾无害身健康，显示灵异不平凡。唯恐上帝心不安，赶忙祭祀求吉祥，虽生儿子不敢养。

原 文

诞寘之隘巷，牛羊腓字之①。诞寘之平林②，会伐平林。诞寘之寒冰，鸟覆翼之③。鸟乃去矣，后稷呱矣。实覃实訏④，厥声载路。

注 释

①腓：通"庇"，庇护。字：爱。

②平林：平原上的树林。

③覆翼：用翅膀遮盖。

④实：是，这样。覃：长。訏：大。

译 文

把他扔在胡同里，牛羊爱护来喂乳。把他丢在树林里，恰巧有人来砍树。把他丢在寒冰上，鸟儿展翅将他护。后来鸟儿飞走了，后稷啼哭声呱呱。哭声又长又洪亮，路人听了都驻足。

原文

诞实匍匐①，克岐克嶷②，以就口食。蓺之荏菽③，荏菽旆
旆④。禾役穟穟⑤，麻麦幪幪⑥，瓜瓞唪唪⑦。

注释

①匍匐：爬行。

②岐、嶷：有知识，能识别。

③蓺：种植。荏菽：大豆。

④旆旆：茂盛的样子。

⑤禾役：禾穗。穟穟：下垂的样子。

⑥幪幪：茂密的样子。

⑦瓞：小瓜。唪唪：果实累累的样子。

译文

后稷刚会地上爬，显得聪明又乖巧，小嘴能把食物找。长
大一些会种豆，豆苗茂盛长得好。种出谷子穗垂垂，麻麦葱葱
无杂草，瓜儿累累也不少。

原文

诞后稷之穑①，有相之道②。茀厥丰草③，种之黄茂④。实方
实苞⑤，实种实褎⑥。实发实秀⑦，实坚实好。实颖实栗⑧，即有
邰家室⑨。

注释

①穑：种植五谷。

②相：助。道：方法。

③茀：除草。丰草：茂密的草。

④黄茂：金黄的谷类，粮种谷物。

⑤方：萌芽刚出土。苞：禾苗丛生。

⑥种：谷种生出短苗。襃：禾苗渐渐长高。

⑦发：禾茎舒发拔节。秀：结穗。

⑧颖：禾穗籽粒饱满下垂。栗：收获众多。

⑨即：往。有邰：古代氏族，传说帝尧因后稷对农业生产的贡献而封他于邰。

译文

后稷他会种庄稼，他有生产好方法。爱护禾苗勤锄草，选择良种播种早。种子破土露嫩芽，禾苗粗壮渐长高。拔节抽穗结了实，谷粒饱满成色好。穗儿沉沉产量高，来到邰地乐陶陶。

原文

诞降嘉种①，维秬维秠②，维穈维芑③。恒之秬秠④，是获是亩⑤。恒之穈芑，是任是负⑥，以归肇祀⑦。

注释

①降：赐与。

②维：是。秬：黑黍。秠：黍的一种，一壳中含有两粒黍米。

③穈：一种谷物，又名赤梁粟。芑：一种白苗高粱。

④恒：通"亘"，遍，满。

⑤获：收割。亩：堆在田里。

⑥任：挑。

⑦肇祀：开始祭祀。

（右侧竖排）大
雅

译文

上天赐与优良种，播种就是秬与秠，还有穈子和高粱。秬子秠子遍地长，成熟季节收获忙。穈子高粱种满地，挑着背着运家里，归来开始把神祭。

原文

诞我祀如何？或舂或揄①，或簸或蹂②。释之叟叟③，烝之浮浮④。载谋载惟⑤，取萧祭脂⑥。取羝以軷⑦，载燔载烈⑧，以兴嗣岁⑨。

注释

①揄：将舂好的米从臼中舀出。

②簸：扬去糠皮。蹂：用手揉搓。

③释：淘米。叟叟：淘米声。

④烝：蒸。浮浮：蒸气上升的样子。

⑤惟：考虑。

⑥萧：艾蒿。脂：牛

肠脂。古时祭祀用牛油和艾蒿合烧。

⑦羝：公羊。軷：剥羊皮。一说祭道路之神。

⑧燔：烧烤。烈：把肉串起来烤。

⑨嗣岁：来年。

祭祀场面什么样？有的舂米或舀米，有的搓米扬谷糠。淘米之声嗖嗖响，蒸饭热气喷喷香。祭祀之事共商量，燃脂烧艾味芬芳。杀了公羊剥了皮，烧烤熟了供神享，祈求来年更兴旺。

原文

卬盛于豆①，于豆于登②，其香始升。上帝居歆③，胡臭亶时④。后稷肇祀，庶无罪悔⑤，以迄于今。

注释

①卬：我。豆：一种盛肉的高脚碗。

②登：瓦制的盛汤碗。

③居：语助词。歆：享受。

④胡：大。臭：香气。亶：确实。时：好，善。

⑤庶：幸。

译文

我把祭品装碗里，木碗盛肉盆盛汤，香气四溢满庭堂。上帝降临来尝尝，饭菜味道实在香。后稷开创祭祀礼，幸蒙保佑无灾殃，流传至今好风尚。

周　颂

清　庙

於穆清庙①，肃雍显相②。济济多士③，秉文之德④。对越在天⑤，骏奔走在庙⑥。不显不承⑦，无射于人斯⑧。

注　释

①於：赞叹词。穆：美。清庙：肃然清静之庙。

②肃雍：态度严肃雍容。显相：高贵显赫的助祭者。

③济济：多而整齐的样子。

④秉：怀着。

⑤越：于。

⑥骏：迅速。

⑦不：通"丕"，发语词。显：光明。承：继承。

⑧无射：不厌，没有厌弃。射，同"斁"，厌弃。

译　文

美哉清静宗庙中，助祭高贵又雍容。众士祭祀排成行，文王美德记心中。遥对文王天之灵，在庙奔走步不停。光辉显耀后人承，仰慕之情永无穷。

鲁 颂

駉

　　驷驷可牡马①，在坰之野②。薄言駉者③，有驈有皇④，有骊有黄⑤，以车彭彭⑥。思无疆⑦，思马斯臧⑧。

　　①駉駉：马肥壮的样子。牡马：雄马。泛指健壮的群马。

　　②坰：遥远。

　　③薄言：发语词。

　　④驈：黑马白胯。皇：《鲁诗》作"騜"，黄白色的马。

　　⑤骊：纯黑色的马。黄：黄赤色的马。

　　⑥以车：驾车。彭彭：马强壮有力的样子。

　　⑦思：句首语气词。与后"思"字同。

　　⑧斯：其，那样。臧：善。

　　群马高大又健壮，放牧广阔草场上。说起这些雄健马，毛带白色有驈皇，毛色相杂有骊黄，驾起车来奔前方。跑起路来远又长，马儿骏美膘儿壮。

原文

　　駉駉牡马，在坰之野。薄言駉者，有骓有駓①，有骍有骐②，以车伾伾③。思无期④，思马斯才⑤。

注释

　　①骓：毛色苍白相杂的马。

　　②駓：毛色赤黄的马。骐：青黑色相间的马。

　　③伾伾：有力的样子。

　　④无期：无有期限。

　　⑤才：才力。

译文

　　群马高大又健壮，放牧广阔草场上。说起这些雄健马，黄白为骓灰白马青黑为駓赤黄骐，驾起战车上战场。雄壮力大难估量，马儿骏美力又强。

原文

　　駉駉牡马，在坰之野。薄言駉者，有驒有骆①，有骝有雒②，以车绎绎③。思无斁④，思马斯作⑤。

注释

　　①驒：青黑色而有白鳞花纹的马。骆：白色黑鬣的马。

　　②骝：赤身黑鬣的马。雒：黑身白鬣的马。

　　③绎绎：跑得快的样子。

④无斁：无厌倦。

⑤作：奋起，腾跃。

译 文

群马高大又健壮，放牧广阔草场上。说起这些雄状健马，骓马青色骆马白，骊马火赤雒马黑，驾着车子快如飞。精力无穷没限量，马儿腾跃膘儿壮。

原 文

駉駉牡马，在坰之野。薄言駉者，有骃有騢①，有驔有鱼②，以车祛祛③。思无邪，思马斯徂④。

注 释

①骃：浅黑和白色相杂的马。騢：赤白色杂毛的马。

②驔：黑色黄背的马。鱼：眼眶有白圈的马。

③祛祛：强健的样子。

④徂：行。

译 文

群马高大又健壮，放牧广阔草场上。说起这些雄健马，红色为骃灰白騢，黄背为驔白眼鱼，驾着车儿气势昂。沿着大道不偏斜，马儿如飞奔驰忙。

那

原文

猗与那与①，置我鞉鼓②。奏鼓简简③，衎我烈祖④。汤孙奏假⑤，绥我思成⑥。鞉鼓渊渊⑦，嘒嘒管声⑧。既和且平，依我磬声⑨。於赫汤孙⑩！穆穆厥声⑪。庸鼓有斁⑫，万舞有奕⑬。我有嘉客，亦不夷怿⑭。自古在昔，先民有作⑮。温恭朝夕⑯，执事有恪⑰，顾予烝尝⑱，汤孙之将⑲。

注释

①猗、那：形容乐队美盛的样子。与：叹美词。

②置：通"植"，竖立。鞉鼓：有柄的摇鼓，似今拨浪鼓。

③简简：鼓声。

④衎：欢乐。烈祖：功业显赫的先祖，指成汤。

⑤汤孙：成汤的子孙。奏假：进言祷告。

⑥绥：赠予。思：句中语助词。成：指生长、成功的地方。

⑦渊渊：鼓声。

⑧嘒嘒：乐声。

⑨依我磬声：指鼓声、管乐声都按照磬声来演奏。

⑩於：叹美词。赫：显赫。

⑪穆穆：美好的样子。

⑫庸：同"镛"，大钟。敦：盛大。

⑬万舞：舞名。有奕：形容舞态从容的样子。

⑭不：通"丕"，大。夷怿：喜悦。

⑮有作：有所作为。

⑯温恭：温文恭敬。

⑰有恪：即恪恪，恭敬的样子。

⑱顾：光顾。烝尝：祭名，冬祭曰烝，秋祭曰尝。

⑲将：奉献。

译文

多么美好盛大啊，竖起我们的摇鼓。鼓儿敲起咚咚响，以此娱乐我先祖。汤孙祷告祈神明，赐我顺利又成功。摇鼓敲起渊渊响，笙管吹起嘒嘒声。曲调协调又和平，按照磬声奏与停。啊！显赫的商汤子孙，祭祀乐声真动听。大钟大鼓声音洪，众人齐舞态从容。我们请来众嘉宾，人人喜悦笑脸盈。就在往昔远古时，先民已把祭礼定。朝夕温和又恭敬，祭时虔诚又敬谨。秋祭冬祭请光临，汤孙诚恳表衷情。